JN285462
illustration／TSUBASA MYOHJIN

LAPIS LABEL

学園♥懲罰委員会

Story by Barbara Katagiri
バーバラ片桐

イラストレーション／明神　翼

目次

※本作品の内容はすべてフィクションです。

香椎柚実《かしいゆみ》が彼に出会ったのは、日誌を職員室に提出して、カバンを取りに戻ったときだった。

——うわっ……。

窓の外はオレンジ色に染まっている。

教室の窓を背景にして、静かに彼はたたずんでいた。

端然《たんぜん》と制服を着こなし、背筋を伸ばして立つ姿から視線が外《はず》せなくなる。

「香椎柚実くん、だね。二年B組の。クラブ活動なし。図書委員会所属」

名を呼ばれるだけで、ゾクリとしてしまうほどの声だった。

彼のことは、知っている。

たぶんこの学園内で、知らないものはいないだろう。

何の役職にもつかず、クラブ活動も自治会活動にも関わっていないのに、彼の存在は印象的だった。

三年の荒屋敷直道《あらやしきなおみち》先輩。

憧《あこが》れのため息とともに、彼の名は語り継《つ》がれている。

荒屋敷に特徴的なのは、闇を含んでいるような漆黒《しっこく》の髪だった。闇はミステリアスな瞳にも宿り、見つめられるたびに身体の奥が震えるような戦慄《せんりつ》が走っていく。

強い光を宿す瞳だった。

見据《みす》えられると身じろぎができなくなるような、威圧的《いあってき》な瞳だ。

——ど、どうして、荒屋敷先輩が……！

狼狽《ろうばい》して、香椎は目を見開いた。

憧れの先輩だ。

入学してから一ヵ月目に初めてその姿を見たときから、ボーっと見とれてしまった。

三十メートル以内には近づいたことがなかったのに、今は十メートルもないところにいる。

——どうしよう……！

ドキドキしすぎて、香椎は呼吸をすることすら忘れてしまったようだった。

荒屋敷の目はまっすぐに香椎に向けられている。

香椎の反応に面白がるように、少し眉を上げた。

窓辺からゆっくりと香椎のほうに歩み寄ってくる。

「どうした？　返事は」

香椎は、ビクッと身体を震わせた。

「あ、……は、はい…！　俺が！　香椎です！　二年B組出席番号二十三番の、香椎柚実です。趣味は貯金と、プラモと……」

パニックのあまり、言わなくてもいいことまで答えてしまう。

「……貯蓄高はいくらだい？」

彼は軽く吐息を漏らすと、指を伸ばして香椎のあごをすくいあげた。

――ぎゃー……！

香椎は震えた。

荒屋敷の生《なま》の手が、自分に触れているのだ。

――ナマ……ナマ……っ！　先輩の手がナマ……！

緊張のあまり、全身が凍《こお》りつく。

頭のてっぺんの毛まで、逆立ってしまったようだった。

「あの……っ！」

視線が合った。

荒屋敷は、吸いこまれてしまいそうな瞳をしている。

黒曜石《こくようせき》のつややかな輝きを放つ、君主のまなざしだった。

あでやかに微笑《ほほえ》んでくる。

「本当は、君の貯蓄高を知りたいんじゃない。君に処分が下ったんだ。趣味が貯金とプラモとは思えないほど可愛《かわい》らしい顔をしているのが罪だなんて、なんとも残念なことだが」

「——え……」

思いがけない言葉に、パニック状態の香椎の頭はさらに真っ白になった。

——罪って？　可愛い顔の罪って、俺が？

顔はそうだ。

外見だけは、もしかしたら可愛いのかもしれない。

——だけど、ちゃんとつくもんついてるし！　今日の朝だって、ちょっと元気だったし！

三こすり半はちょっと早かったかもしれないけど……っ！

「ななな……なんで、俺が……！」

思わず、どもってしまった。

——罪って……っ、罪って罪って……！

不意に、香椎の頭に水戸黄門のテーマが鳴り響いた。

そういえば、聞いたことがある。

生徒による自治が徹底されているこの学園内には、懲罰《ちょうばつ》任務を負う極秘の組織がある、と。

「ま……まさか……」

香椎は大きな目を見開き、かすれた声でつぶやく。

荒屋敷は瞳を細め、少しだけ得意そうに微笑んだ。

「そう。ぼくがきたのは、任務のため。——学園懲罰委員としてね」

ACT・1

各国大使館が点在し、一流商社本社ビルが林立《りんりつ》する都内一等地に、私立松平《まつだいら》学園はあった。

ここの生徒は、ぼんぼんが多い。親や祖父が卒業生だった、という二代目、三代目の生徒もいて、進学校であるくせに、校内の雰囲気はどことなくなごやかだ。

地下二階地上八階の複雑にからみあった校舎を持つ、中高一貫教育の歴史のある男子校だ。

狭い敷地を有効活用するために、建て増しによる建て増しで、その全体図を把握《はあく》しているのは、十年以上勤務している職員に限られるとか、たまに遭難者《そうなんしゃ》が出るとか、いろんなうわさがたえない校舎だった。

組み立てたらロボットにでもなるんじゃないか、と香椎は朝日に照らされた校舎を見るたびに思ってしまう。

――あそこはアームだろ。でもって、時計台が操縦室でさ。俺が合図《あいず》をすると合体して、助けにこないかなー、俺のことを。

校舎が見える植えこみのあたりで、香椎は左右を見回した。

植えこみに小柄な身体を隠しこんで、小動物のように油断《ゆだん》なく周囲をうかがう。

――みなの者……！　場所を開けーい、とかさ。ロボットでガッシャンガッシャン蹴散《けち》らすとかさ。

でも、今日はなんとなく大丈夫そうだ。

いつもより登校時間を二十分早くしているし、このところ裏門ばかり利用しているからだ。

あやしい人影がないのを確認して、香椎は立ちあがった。パワーはないが、俊敏《しゅんびん》なダッシュ力で、一気に突破《とっぱ》をはかろうとする。

ところが、校門や塀の影に伏せていた生徒が湧《わ》き出したのは、次の瞬間だ。

「ゆずちゃーん！」

「香椎くーん」

「今日も可愛いね！」

男ばかりの野太い声が、周囲の空気を揺るがした。

校門のところの木の葉が、二、三枚ハラハラと散ったほどである。

ビクッと硬直《こうちょく》した香椎は、湧き出した男子生徒の学ランの集団を見た。

一クラス分ぐらいはいる。

「ギャッ!」

思わず、立ちすくむ。

だんだんと敵は、気配を殺すのが上手になったようだ。

中には、校庭の端に塹壕《ざんごう》を掘って、身体を隠していたやつらもいる。

「——触るな! 近づくな! 場所を開けろ!」

ここは、超人気アイドルの出待ち現場ではない。

単なる一生徒の登校現場だ。

なのに、まぶしいぐらいフラッシュがたかれた。

隠れていた中学生やガタイのいい高校生が、わらわらと押し寄せてくる。

「ゆず先輩! 読んでください!」

「おにいさまになってくださーい」

「オレが守ってやるから。柚実ぃ!」

「……バカ言うなよ! どけってば! ロボット呼ぶぞ!」

手紙やプレゼントをにぎりしめた手や、香椎にちょっとでも触れようと伸ばされた汗ばんだ手をすり抜け、香椎は逃げていく。

れない。

昇降口までが勝負だった。

池袋の駅前で配られているティッシュを一切受け取らずに突破するよりも難しいかもしれない。

何せ、群がってくる生徒の気迫《きはく》が違う。

「押さないで!」

「香椎さんがケガしてもいいんですか!」

それでも、『親衛隊』と称して守ってくれる下級生もいた。

「ぎゃっ!」

「痛いってば!」

「離せよ!」

香椎は、必死で昇降口に向かった。

行き先をふさがれたり、手首をひっぱられたり、ときには足をひっかけられて転ばされたりしてのしかかられることもある。

——これはさ。アイドルあつかいというよりも、完全におもちゃあつかいだよな……。

『香椎柚実、ゲット作戦』——毎朝、時間を変え、校門を変え、ときには先生と一緒に登校し、またあるときはさえない眼鏡《めがね》学生に変装してやってくる、学園アイドルを待ち伏せ、幾多《いくた》のライバルの身体を押しのけ押しのけ、いかにその身体に触れて『戦利品』をもぎとるか。

そんな遊びのターゲットにされているような気がするのだ。

――みんな、体力ありあまってるからなー。

中学から高校までの性欲ざかりの六年間、一流大学めざして勉学に励《いそし》む男子高校生の、朝のコミュニケーションのようだった。

「ちぇっ」

香椎はようやく昇降口に飛びこみ、唇を尖《とが》らせて自分の状態を眺《なが》めた。

学ランのボタン二つが取れ、もみくちゃにされている。

体育の授業のあとみたいに、汗だくだった。

校門から、昇降口までがゲームの会場に設定されていた。

それ以外の場所では、みだりに香椎に触れたり、話しかけたりすることは硬《かた》く禁じられている。

信じられないことに、生徒会からのお達しなのだ。

その協定は、一応守られてきている。

――『みだりに』じゃない『男心一本勝負』の『校舎の裏に呼び出して告白。ただし、一生徒につき、学園生活において一回まで』は認められてるけどな。

わけのわからない規定だが、伝統があるらしい。

——けど、やだ……。どうして毎朝、男の雄《お》たけびに……。

セーラー服やブレザー姿の女のコに囲まれるのならいい。なんというか、『男の甲斐性《かいしょう》』という気がする。

しかし、男の身で男に囲まれるのは、なんだかむなしい。

「たくよー……！」

遠い目をしてから、香椎は靴箱を蹴飛ばした。

教室のドアを開けた瞬間、香椎は新たな声に迎えられる。

「よーっす！　ゆーずちゃん、おっはよー」

元気にぶんぶんと手を振ってきたのは、同じクラスの青木《あおき》だった。

「見てたぜ！　今日も大変だなー。学園のアイドルも楽じゃないっていうか」

言われた途端、香椎はぶっと頬をふくらませる。

「あれのどこがアイドルに対するあつかいってんだよ。アイドルなら、もっとうやうやしく、みんなで両手を伸ばしてアーチでも作ってお迎えしろってんの。ラグビーのボールじゃないんだから。青木さ、見てたんなら、助けろ！」

やれやれ、というように青木が肩をすくめた。

「まぁ、あれは恒例《こうれい》行事だから、しゃーないじゃん？ あきらめたら。どっかから学園の地下まで、こっそりトンネルでも掘ってもらったらどう？」

「それはいいかも。秘密通路みたいで。協力してくれそうな人、いるかな？」

「地学研の榊原《さかきばら》先輩とか。でも、あの人に頼んだら、秘密部屋とか作っておいて、引きずりこまれて犯されそうな気がするけどね」

「……ったくもー！ どいつもこいつも、ヘンタイばっか！」

香椎は憤慨《ふんがい》して、乱暴に椅子《いす》に腰かけた。

「ま、それはゆずちゃんがそんなに可愛いのがいけないんだって」

ほがらかに笑いながら、青木は香椎の顔をのぞきこんだ。

「……ほら。魅惑的な大きな瞳。キスを誘う唇。男心を刺激しまくるそんな顔を公衆の面前に堂々とさらしとくの自体が罪でしょーが。しかも、うちにいるのは健全で健康な男子ばかりだし、俺だって、おまえの太腿《ふともも》にはちょっとクルし」

「……！」

制服の上から腿をなでられて、香椎はビクッと硬直した。

しかし、次の瞬間、膝《ひざ》で青木のわき腹を蹴飛ばす。

「刻《きざ》むぞ！　てめえ！」

「……といって、男の子ぶる姿もちょっと可愛い、というもっぱらの評判ですね」

ハハハ、と青木は解説して、香椎の向かいに座った。

「たくもー」

うんざりだった。

こんなにもてるなんて、この学校ならではの特殊《とくしゅ》事情だ。

性欲ざかりの高校生、ちょっと顔が可愛いと、女の代わりになるような気がするのだろうか。

しかし、ここは山奥の男子寮でもない。獄中でもない。校舎を一歩出れば、外にはきれいな女性が歩いているのだ。

——俺には、全然理解できない……！

男子校ならではの、悪習だ。

中学からの持ちあがりが多いなか、香椎は高校からの編入組だった。そのせいかもしれないが、いまだに理解できないノリが多い。

最近では『男心一本勝負』をかけた『告白』も盛《さか》んだ。

思いつめた顔で呼び出されるたびに、香椎は『またか』という気分になる。

相手は男だし、香椎も男だ。

罰ゲームの一環なら、自分を巻きこまずにやってもらいたい。

カバンを開けて、ノートや教科書を机にしまおうとした途端《とたん》、香椎は手紙を二通発見した。

差出人だけ確認してから、香椎は封も開けずにそのまま教室のごみ箱に投げ捨てた。

最初はわけがわからなくて対応していたが、もうつきあってはいられない。

「……あー。もうやだ。これ以上、あんな『出迎え』が続くぐらいなら、転校しちゃいたい。うんざりだ」

「ダメダメ。みんな泣くよー」

「泣けばいいじゃん。俺だって、何度男泣きしたい気分になったか」

だけど、うんざりしているのは、一部香椎をアイドルあつかいしてくる生徒に関してだけだった。

転校したい、っていうのは本気じゃない。

かなり偏差値だって高いこの学園の高校編入試験に合格したとき、親はすごく喜んでくれた。

私立だから、入学金だって学費だって高い。

がんばって負担している親に、あまり心配はかけられないという事情もある。

何より香椎は、この学校が好きなのだ。

先生はどことなくのんきで、生徒ものほほんとしている。香椎をアイドル視して迫《せま》り倒すのも、彼らののんきな楽しみのひとつに違いない。

——けど。俺の迷惑ってもんも考えてくれ、って感じ？

制服のボタンをちぎられたあとを、香椎は指先でひっぱった。

付け替えるのも大変なのだ。

毎朝、ちくちくとお裁縫《さいほう》するのはもういやだ。

香椎は思いっきり不器用だった。

「なーなー、香椎！」

顔を上げると、青木は両手を合わせて香椎を拝《おが》んでいた。

「ノート見せて、リーダーの。今日あたりそうなのに、予習忘れた」

ねだるように、人なつっこく微笑みかけられる。

「いーけど。代わりに、化学の実験レポートのポイント、教えてくれるんなら？」

「あ、うん。昨日書きあげたとこ」

「商談成立な」

青木は自分のノートを取ってきて、香椎の前の席に陣取《じんど》った。

眼鏡をかけ、制服をキリリと着こなした青木は、一見秀才風だが、中身は気さくだ。

お調子者で人気ものの青木は、香椎の一番の親友だった。

校内では『男心一本勝負』に翻弄《ほんろう》され、フラれて血迷った上級生から『弟にならないか』と迫り倒され、毎日が大冒険のような日々を送っている香椎を、ゲーム感覚でサポートしてくれていた。

機転の利《き》く青木に助けてもらっていなければ、香椎は今頃きっとキスのひとつやふたつを奪われていたことだろう。

下手《へた》すると男相手にバージンを失っていたかもしれない。

香椎は今しまったばかりのノートを取り出して、青木に渡した。

「悪いね。レポート今日持ってきてないんで、明日見せるよ」

「うん。忘れんなよ」

「たりめーだ」

せっせと、青木がノートを写し始めた。

そのようすを眺めながら、香椎はぷっくりと柔《やわ》らかな頬《ほお》に頬杖をついた。

教室では、アイドルあつかいもだいぶ緩和《かんわ》されている。物陰《ものかげ》からストーカーのように熱く見つめてくる視線を感じるけれども、最近はあまり気にならなくなってきた。

ボーっとしていると、あくびがひとつもれた。

昨日、よく眠れなかったからだ。

『明日の放課後、四号棟二号室に、午後四時にくるように。いいね』

懲罰委員の荒屋敷の言葉が、ずっと気になっていた。

香椎を教室で待ち伏せていた荒屋敷は、そう言うなり姿を消したのだ。

しかし、一晩かけて考えてみても、懲罰委員から伝えられた罰というのは納得できない。

『――君に処分が下ったんだ。趣味が貯金とプラモとは思えないほど可愛らしい顔をしているのが罪だなんて、なんとも残念なことだが』

荒屋敷はそう言っていた。

――俺と貯蓄に励《はげ》みたいわけじゃないだろうし、プラモを一緒に作りたいわけでもないだろうし。そもそも、可愛いってなんだよ？

男っぽく頬がそげ、日々精悍《せいかん》になっていく同級生に比べて、いつまでも成長から取り残されているようなのが情けない。

――格好よくなりたいよな……。

頬をふくらませながら、香椎はつらつらと考える。

どんな顔になってみたいのかと考えて、ふと浮かんできたのが荒屋敷の顔だ。

見てるだけで、ドキドキした。

大人っぽくって格好よくて、校内のみんなが憧れているのだ。

「あのさ……」

香椎は、シャーペンをせっせと動かす青木に尋ねてみた。

「学園懲罰委員会、って知ってる?」

高校からの編入組の香椎は、この類《たぐい》のうわさには疎《うと》かった。

もう少し情報収集をしておきたい。

口走った途端、青木はすばやく顔を上げた。

「どーしたんだよ、突然。――もしかして、最近、誰かがお仕置きを受けたとか聞いた?」

目が輝いていた。

噂話大好き少年だ。

香椎が懲罰委員に呼び出された、などと話したら、きっと大喜びして、めちゃめちゃ騒《さわ》ぐだろう。付き添《そ》うとか言い出すかもしれない。

――内緒にしておくか。

何せ、相手はあの荒屋敷先輩だ。

特に口止めはされなかったが、迂闊《うかつ》にしゃべってしまうのはもったいないような気もした。

呼び出しの理由は理不尽で、納得《なっとく》できない。しかし、あの荒屋敷とまた顔を合わせられるというのは、なんとなく嬉しい。わくわくする。

「……懲罰委員会って、お仕置きするの？」

「そうらしいよ。始末人みたいなの。けど、学園内で人死にが出たなんて聞いたことないから、きっと殺しはしないんだろうな。……ってことは始末人じゃないのか」

青木はちょっぴり残念そうだった。

「で、何すんの？　懲罰委員会って。名前だけ聞くわりには、実態って知られてないよね？　どういう組織で、誰が懲罰委員なのかって、なんとなく知りたいと思わねー？」

「知りたいねえ」

オヤジのようにつぶやいてから、青木は香椎に身体を近づけてくるように合図《あいず》した。

「秘密だぜ？　あんま、俺に聞いたとか言うなよ？」

もったいぶってささやいてから、青木は周囲を警戒するように見回す。

朝礼が始まるまで、あと少しあった。

まだ登校している生徒は、半分くらいだ。

誰も自分たちの話を聞いていないことを確認してから、青木は声をひそめた。

「懲罰委員会っていうのは、謎の組織でさ。正式にはないことになってるのね。学園側としては、正式にその存在を否定してるし。学校案内にももちろん書いてないし、生徒自治会側の資料にも、一切記されていないみたい」

「でも……」

いるんだろ？　と確認するように香椎は眉を上げた。

何せ昨日、懲罰委員だと名乗る本人に会っているのである。

「俺は、いると思ってるんだけど。だって、いたほうが面白いし、格好いいじゃん」

青木は無責任に笑った。

「……一説には、理事長の直属組織だとか、生徒会長だけが存在を知らされてる、という話もある。どっちにしても、うわさなんだけどね」

さすがに、青木は詳《くわ》しい。

「三年の先輩から前に聞いた話によると、懲罰委員会のメンバーは、代々世襲制《せしゅうせい》──というか、懲罰委員をつとめあげたメンバーが、次の懲罰委員を指名して、受け継がれていくものらしい。今のメンバーは誰かっていうと、それこそ全部謎に包《つつ》まれていて、何人いるかすらもわからないんだけどね」

「それって、誰とか？」

「ええとね、三年の石岡《いしおか》先輩だろ、小堀《こぼり》先輩だろ、あと二年だと、上原《うえはら》とか上岡《かみおか》とか、畑《はた》沢《さわ》とか……。俺っていううわさもあるぐらい」

青木が上げたのは、校内の有名人ばかりだ。

荒屋敷の名前は含まれていないようで、香椎はどことなくホッとした。

荒屋敷が懲罰委員であるということは、自分だけが知っている秘密なのだ。なんとなく、特権をあたえられているようでわくわくする。

しかし、知りたいのはこの先だ。

「……あのさ。懲罰って、何に対して罰をあたえるわけ？　あと、実際にはどんなお仕置きすんの？」

「うち、生徒自治が徹底《てってい》していて、校則とか設《もう》けてないじゃん」

「うん」

「生徒会としても、そんな厳《きび》しい縛《しば》りとか、規則とか作ってないだろ。たまに『男心一本勝負』とか、わけわかんねー伝統の決まりもあるけどさ。生徒本人の自覚と自立、あたりまえのことをあたりまえにしましょうっていうのがモットーで、いい意味での放任。ぼっちゃんが多いし、雰囲気《ふんいき》がのほほんとしているから、それでもあまり問題はないんだけど、でも、たまーにヤバいこととか起こるわけ。ヤバい生徒も、ごくまれに混じってるしね」

「……ヤバいって、どんな」

「カツあげとか、暴力行為とか、部室でタバコ吸って、ボヤ起こしかけたことだってあるみたいだし、夜中に花火打ちあげたりとかさ。全部、過去にあったことらしいぜ。……あと、校内でみだらな行為に及《およ》んだ、とか」

「うち、男子校だぜ？」

言いながらも、香椎は上級生に待ち伏せされて、空き教室にひっぱりこまれたときのことを思い出した。

教室移動のときだった。

一緒に歩いていた青木が、香椎がいないのに気づいて、引き返してきてくれたからよかったものの、そうじゃなければすごいことになってしまったのだろうか。

がむしゃらな力以外、あまり覚えていない。

思いきり抵抗したのに、あまりに驚きすぎて力が抜けていた。

酸欠で呼吸が苦しく、金魚みたいに息も絶《た》え絶えだった覚えもある。

青木は猫のような目を細めて、にっこりと笑った。

「男子校だから、あるんだろーが。——ゆずちゃんも、そのもっぱらの標的だっていうのに」

「うん……。冗談だけじゃなくて、本気の人も混じってるんだよな。なんか、ヤバイよなー。ヘンタイってわけわかんなくて」

香椎は、唇を尖らせてため息をついた。

自分の周囲で起きてることも、単なるお祭り騒ぎとしか思っていなかったのに、不意《ふい》に怖くなってくる。

「――なんか、やだな、そんなの」

「だから、そんなときの懲罰委員会なんだよね」

「え」

「うちの場合だと、何をしても表向きに罰則はないわけ。いわゆる名門進学校だから、生徒の将来に傷を残すような、停学とか休学とか退学とかいう処分も、学校側としてしたくないわけよ。というときに、生徒による懲罰組織というのが、うまく機能するってわけ」

「なんだか、わかったようなわからないような」

「うん、実は俺も、よくわかってないんだー。そもそも、懲罰委員会の実在自体があやふやなわけだろ。どんな権限をあたえられていて、どんな処分を下すのか、というのは、全部謎に包まれている。ただ、懲罰委員会という組織があるってことが、最低限の抑止力になるってことは、言えなくもないんじゃないかな。ほっとくと、うちの生徒ってどんどん自堕落《じだらく》になりそうだしねー。成績はいいけど、なんか、ほかの部分ではバカだしねー」

「確かに、とりあえずみんな、懲罰委員会の名前だけは知ってるよな」

「たまに、怖いうわさが流れるじゃん。交通事故で入院した誰々は、懲罰委員会の制裁《せいさい》を受けたとかさ。——あ。そいえば知ってる？　おまえを空き教室に引きずりこんで、押し倒した三年の先輩、今、どうしてるか」

「……いや」

思い出したくもなかった。

その後は、校内ですれ違うことも、一切《いっさい》ない。

香椎をのぞきこむように、青木は眼鏡の奥の瞳を細めた。

「退学したって。理由は親の転勤らしいんだけど」

「……それって……」

「このように符丁《ふちょう》が合うことって、うちの学校にはけっこうあってさ。やっぱり、勧善《かんぜん》懲《ちょう》悪《あく》は世のパターン。懲罰委員会って、やっぱり実在するのかもしれないな、なーんて」

「……そうかも」

香椎は、ゆっくりと息を吐いた。

あまり考えないようにしていたものの、自分を押し倒した上級生の存在は、やっぱり恐怖となっていた。

その脅威が消え去っていたことに、胸のあたりが軽くなる。

自分のために——というか、もちろん、任務としてだろうけれども、荒屋敷が属《ぞく》している懲罰委員会が動いてくれていたとしたら、なんだか嬉しい。

感謝したいようなくすぐったさが広がっていく。

「あ。やっぱ、気になってたんだ？」

青木が、くすっと笑った。

「あいつが学校辞《や》めたこと、話そうかどうしようか、考えたんだけどさ。忘れてたんだとしたら、いまさら不愉快《ふゆかい》なこと思い出すのはいやだろうし。……けど、良かったんだ、伝えて」

「うん、サンキューな」

言いかけた途端、朝礼のチャイムが鳴り響いた。

「やべ……っ」

青木は飛びあがり、あわてて超特急でノートを写し出す。

笑い混じりに、香椎は言い添えた。

「二時間目まで貸しといてやるから。その代わり、明日のレポート忘れんなよ」

「大丈夫だって」

リーダーは、三時間目だ。

内職をすれば、きっと青木の作業は終わるだろう。


——二年B組、香椎柚実……。

荒屋敷直道の手元には、彼のことを調査したファイルがある。

生徒数五百人を数えるむさくるしい男ばかりの高等部の中で、『谷間の白百合《しらゆり》のように愛くるしく、アンゴラウサギのように守ってやりたい宝物』（親衛隊員談）らしい。

——谷間の白百合は愛くるしいというより、野蛮《やばん》だ。アンゴラウサギは、けっこう凶暴《きょうぼう》だし。

フンと鼻で笑いながら、荒屋敷はファイルをめくった。

高校入学時から、香椎の容姿《ようし》は話題になっていた。

子ねずみとか子うさぎなどの愛玩《あいがん》動物を思わせる、黒くつぶらな瞳。頭部のカーブもどついてみたいぐらいに丸くて、男の保護欲をそそるらしい。

「可愛いっすよね！　香椎さんは！」

野郎どものアイドルだ。

――男の何パーセントかはロリコンだというが、この現状はなんというべきか。

生徒会室で、荒屋敷は物憂《ものう》げに頬杖をついた。

香椎が貸し出しを担当する木曜日の校内図書館は入りきれないほどの大盛況《だいせいきょう》となり、隠《かく》し撮《ど》りされた写真が、一枚三百円以上で百種類以上売りさばかれているそうだ。

特に高値なのが、体育のときのパンチラ写真らしい。足を上げた拍子《ひょうし》に、短パンのすそから、ほんの二、三ミリ白っぽいパンツがのぞいたその一瞬の激写だそうだ。

――バカというか、哀《あわ》れというか。まったく校内の風紀の乱れ、はなはだしい……！

香椎関係のうわさを聞くたびに、荒屋敷は頭痛がしてくる。

信じられない世界だ。

伝統のある我が学園の生徒は、どこまでバカになってしまったのだろうか。

「どうした、それは……？」

荒屋敷の手元にある香椎の写真に視線をとめたのは、生徒会長である市来《いちき》だった。

高校生とは思えない落ち着きと風格の持ち主で、荒屋敷が認めた数少ない友人の一人だ。

お姉さま系美形顔をしていて、校内には「市来様」を崇拝する一派もあるほどだった。

「知ってるだろ。二年B組、出席番号二十三番の香椎柚実」

荒屋敷は、形のいい唇に笑みを浮かべながら言い直した。

「いや。次の——懲罰対象。懲罰委員会で、学園を騒がす諸悪《しょあく》の根源《こんげん》を処分することが決まったところだ。具体的にどうお仕置きをするか、考えているところなんだけどね」

「何か、懲罰対象になるような事件でも起こしたのか？」

不思議そうに市来が聞いてくる。

「ん？」

荒屋敷は、さらにファイルをめくった。

次に現れたのは、校内に多数出回っているブロマイドの中でも特に高値の一枚だった。

香椎がウォータークーラーで水を飲んでいる一瞬の激写だ。

夢見るように、大きめな瞳が見開かれている。

『開けられた唇に流れこむ水流と、かすかにのぞく舌のピンク色とがたまらない色っぽさを感じさせる、いけない一枚』と没収時のキャプションがついたままだ。

「毎朝のあの騒ぎが、問題にならないわけはないだろ。校内の風紀をかく乱《らん》してる罪をどのようにつぐなわせてみようかと、検討してるところだけど」

写真を指先でもてあそびながら、荒屋敷は謎めいた笑みを浮かべた。

「ちょっと待てよ。騒がせてるって言っても、彼が自《みず》ら巻き起こしているわけじゃないし」

「とはいっても、騒がせていることに違いはない。朝のあの騒ぎには閉口している生徒も少なくない。かくいうぼくも、迷惑している一人だ」

「どんな迷惑が？」

「ん？　歩きにくいとか」

「それだけか」

「立派な迷惑じゃないか」

荒屋敷の答えに、やれやれとため息をつく市来に言ってやる。

「対策を練《ね》らないくせに、良識派ぶるな」

「……どうするつもりなんだ？」

「どうしようかね。——一緒に考えてくれる？　市来」

荒屋敷は悠然と指を組み合わせた。

香椎には、昨日会っている。

どんな生徒だか、近くで観察してみたかったのだ。

思っていたよりもずっと小柄で、抱き取ると折れそうなしなやかな肢体《したい》の持ち主だった。

大きな瞳を見開き、呆然《ぼうぜん》としていた顔が脳裏《のうり》に灼《や》きついている。

――確かに、魅力はある。

ぞくりと背筋が震えた。

一目会っただけで、忘れられなくなっていた。

「鞭打《むちう》ち百回、はやめろよ」

牽制するように、市来が言った。

荒屋敷はクスリと笑った。

「あの白くて柔らかそうな肌を引き裂くのは、いなばの白ウサギみたいでそそるけどね」

「だから、やめろって……。かわいそうだろ」

「市来までたぶらかすなんて、彼のそちらのほうの才覚は十分――。やはり、お仕置きして、無自覚にしてもフェロモンを放出させるのはやめさせておかなくてはいかないだろ」

「無自覚なものを、意識的にとめられるというのか？」

「それは、訓練次第だろ。本人の自覚と努力にかかっているともいえる」

つぶやいた荒屋敷は、不意に上機嫌な笑みを浮かべた。

「ああ、そうだ。――いいことを思いついた。君からも、ひとつ頼まれごとをされていたよね。教師の不貞《ふてい》の内偵《ないてい》」

「そうだけど」

「せっかくだから、それにアイドルを投入してみようか。ぼくの愛するこの学園の風紀をこれ以上乱さないために、邪魔なものは二つまとめてつぶすに限る」

荒屋敷は考えこむように、頬に触れた。じっとまなざしを一点に据えて、計画を練り始めようとした。

「そんなこと……っ。何をするんだか知らないが……」

「何かいけないことがあるかな?」

非難《ひなん》する口調の市来に、荒屋敷はクスリと笑った。

邪魔《じゃま》されると、やりたくなってくる。可愛いといじめたくなる。

そんな性癖《せいへき》がある。

——ま、市来なぞは可愛くもなんともないけどね。小憎らしいだけで。

「校内の風紀に関しては、懲罰委員会に任されて。君に、発言権はないよ。ぼくに逆らうことができるのは、唯一、監査《かんさ》委員のみだ」

懲罰委員が暴走《ぼうそう》するのを防《ふせ》ぐために、監査委員が置かれていた。

監査委員が誰なのか、荒屋敷は知らない。たまに探《さぐ》られているらしいが、清く正しく美しく懲罰委員をつとめあげている荒屋敷には、なんら後ろ暗いところはない。

監査委員が必要と判断したときには、監査委員の召集《しょうしゅう》の元に弾劾《だんがい》裁判が開かれて、懲罰委員はその座を引きずり落とされる。

懲罰委員は、私情で動いてはならない。

それが、大原則だ。

荒屋敷は目を閉じた。

まぶたの裏に、昨日出会った生身の香椎が浮かびあがる。

本物は、写真よりもさらに可愛かった。

つついて、泣かせてみたい。

そんな欲望が心臓のあたりを焦《こ》がす。

大切なのは、訓練による本人の自覚と努力。それをほどこして、校内の平穏《へいおん》を取り戻すことにあった。


——うわー。遅れる遅れる……！

香椎はバタバタと廊下を走り回った。

四号棟二号室は、建て増しで複雑にからみあった校舎の奥のほうにある。

――五分遅れちゃったりして……。

腕時計を眺めて、香椎は深いため息をついた。

最初っからこれでは、ダメダメだ。

なんとなく、負けたような気がした。

四号棟には、めったにきたことがない。

香椎は目的の教室のドアを開ける前に、キョロキョロと周囲を見回した。

――お仕置きされそうになっちゃって、助けて誰かー！ せんせー！ おかーさーん！

なんて怒鳴っても、誰も駆《か》けつけてくれないようなところだよな。人、いないし。けど、俺、そんなことされる心当たりなんてないから、『全部誤解です、俺は何もやってません』って突っぱねればいいことだし！

ドアの前で、気合を入れる。

それでも、だんだんと不安が大きくなっていた。

何せ、相手はあの荒屋敷なのだ。

――やっぱ青木につきあってもらえばよかった……。

だんだんと頭が下がってくる。

今すぐに逃げ出してしまいたい。

授業中、どうしようかずっと悩んでいた。

——お仕置きされるために、わざわざ出向くなんてバカかも。ずっと逃げ回ればよかったかも。

しみじみと思う。

逃げるが勝ち、という考え方だってあるのだ。

しかし、荒屋敷への興味はどんどん強くなっていた。いっそのこと、懲罰委員にしてもらいたい。懲罰委員になって、今まで校内で自分をつけねらっていたヘンタイどもを、一気に成敗するのだ。

——あ。もしかしたら、その用で呼び出したんじゃないのかなぁ？

そんな気もしてきた。

元気を取り戻して、香椎は大きく深呼吸する。

——よっし……！　もう、行くしかないよな！

大きく深呼吸してから、香椎はぐっとこぶしをにぎった。

勢いよく、二回ノックをする。

「……二年Ｂ組、二十三番香椎柚実、入ります！」

勢いよくドアを開けようとしたが、そこからつまずいた。

昔のものらしい重い引き戸だ。

――うんしょーっと！

何とか開いて、ドアを閉じる。

振り返って中を見たときに、香椎はぽかんと口を開けた。

――ここって……。

まるっきり、保健室だ。

天井《てんじょう》から白のカーテンが垂《た》れ下がり、白いパーテーションがあちこちを区切っている。

仕切られた向こうに見えるのは、ベッドのようだ。

キャビネットや机には、ガーゼや包帯の入ったガラスの瓶《びん》が整然《せいぜん》と並ぶ。

いつも生徒が出入りしている保健室ほど、びっしりと備品で埋《う》めつくされていないが、必要最低限のものがそろっている印象があった。

――何ここ？　職員用の保健室とか……？　校長センセの趣味の保健室とか？　イメクラ用……？

少なくとも、こんなところに第二保健室があるなんて話を、今まで聞いたこともない。

「ようこそ」

パテーションの向こうから姿を現したのは、制服姿の荒屋敷だ。

見た途端、香椎はハッと息を飲んだ。

やっぱり、ドキドキする。

「あ……あの……っ」

ごく、と息を呑《の》んでから、香椎はしどろもどろに尋ねてみた。

「ここって、保健室？　イメクラとか、校長センセのヘンタイ部屋とか、先輩のイメクラ用とか？」

「イメクラ？」

不思議そうに荒屋敷が聞き返した。

香椎はごくっと息を飲んだ。

「ウブな顔して、けっこう知ってんだね。ここは、昔の保健室だよ。今でも、ごくまれに使われることがあるかな。今日のような非常時などにね」

「非常時って、いったい……」

荒屋敷はうろたえている香椎の横を通り抜け、ドアを内側から施錠《せじょう》した。

彼が通ったあとには、香《こう》に似たいい香りが残る。

「ぼくに呼び出されるなんて、非常時だとは思わなかった？」

「……っ思った……けど、でも……なんていうか、ちょっとキンチョーっていうか、つみんなに自慢してやろーとか、でも秘密にしとこーとか、そんな感じだったりして……っ」

荒屋敷はドアの位置から、香椎の後ろに回りこんだ。

「昨日も伝えたよね、君の罪については。……君がいるだけで、どれだけ校内の風紀が乱れているのか、自覚したことはある……？」

革靴の足音が、リノリウムの床に響く。

香椎はようやく、少しだけ冷静になった。

荒屋敷の顔を見た途端、のぼせあがっていた血が少し下がる。

「……っ……あるはずないじゃん！　だって、……何もしてないし！」

反射的に言い返していた。

あれについては、自分ではすごく迷惑しているのだ。

荒屋敷に言い返すのは、なんとなく怖い。だけど、いわれのない罪を押しつけられるわけにはいかない。

「そう」

荒屋敷の声に、少しだけイジワルなものがにじんだ。

香椎は、びくっと身体を震わせた。

「君には、まず言葉の使い方から教えなくちゃいけないようだね。ぼくの調査によれば、毎朝の『出迎え』に加わっている生徒数は、約五十人。『親衛隊』も含めてね。高等部の全校生徒が五百人だから、十人に一人は、毎朝あそこで雄たけびを上げているわけだ」

「……でもっ！　俺はやめてほしいと心の底から、毎朝毎朝、仏壇にご飯上げながらおばあちゃんにすがる気分でお祈りしてるし！」

必死で言い返してみたのに、荒屋敷は平然と続けていく。

「あの『雄たけびパワー』を勉強した場合のパワーに換算《かんさん》したら、どれだけだと思う？一番の問題は、君がいることで勉学に支障《ししょう》が生じていることだ。君が編入する前と後との全国模試での偏差値を比べてみたところ、あきらかな下降傾向が見られる。我が学園においては、ゆゆしき事態だな」

「でも……っ！　でもでも、俺はがんばってるし！　あんま成績上がらないけど、予習だってしてるし！」

「さらに風紀上でも影響がある。君の存在のせいで、校内に同性愛がはびこり、君の写真や私物が高値で売買されるという不正行為まで横行しているときてはね」

「私物って……？」

「君の制服のボタンとか、髪の毛とか、あまつには上靴や体育の短パン、はちまき、海パン……」

「あれは、俺がなくしたんじゃなくて、盗まれてたの？」

香椎は、きょとんとした。

よく物がなくなると思っていた。

最近はけっこうボケてきたなー、もう若くないなー、でもお肌はまだぴちぴちだよな、と思ってたのだが、そんな事態になっていたなんて知らなかったのだ。

「それも、自覚がないっていうのか。――やれやれ。驚いたもんだ」

荒屋敷はため息のあとに、フッと鼻で笑った。

バカにされたような雰囲気に、香椎はきつく唇をかむ。

「もしかしたら、落し物を拾っただけかもしれないね。うちの生徒の中に、泥棒がいるとは思いたくもない。しかし、盗難だったとしても、もともとは君に恋焦《こ》がれるがゆえ。君がいなければ、起きなかった事態とも言える」

「……でも！　それは違うじゃん！　盗むのは何が原因だったとしてもいけないことだし……」

「花盗人は罪にはならない、っていう言葉を知ってるだろ」

荒屋敷は香椎の正面に立った。

腕を組み、あごを引いて香椎を見下ろすまなざしが鋭い。

「……えーと」

どういう意味だったかな、と考えつつ、香椎はなんとなくうなずいた。

「君がすべての元凶《げんきょう》なんだよ。校内の生徒大勢を更正《こうせい》させるより、君一人を懲罰するほうが、てっとりばやいし、手間がかからない。そういう判断だ。懲罰委員は、そう大勢いるもんでもないしね」

「でも、それって……！」

「納得できない？」

荒屋敷が、不意に表情を和《なご》ませた。

優しくささやかれる。

秀麗な顔に浮かんでいるのは、甘いけど危険な笑みだった。

——何か、ワナがひそんでいるような……。

そう予感した。

「できるはず……ないだろ！」

「そうか」

その答えを予測していたのか、荒屋敷はさらに満足そうな顔で笑った。

ぐっと手首をつかまれる。

「こっちへ来たまえ。理由について君が納得できないというのなら、納得できるまで説明してあげることにするから」

「いいい……いやです。いいです。もうけっこうですー……！　ありがとうございましたー。さよならー、また明日ー！」

なんだか、いやな予感がした。

しかし、あとじさりして逃げようとしても荒屋敷の圧倒的な力にずるずると引きずられていく。

「放せよー！　バカ力！　暴力はんたーい！」

「よく回る口だね。さっさとあきらめて、こっちにきたまえ」

引きずられながら、香椎は必死で足を踏みしめようとする。

「あ！　けど、俺を懲罰委員にしてくれるっていうんなら、行ってもいいかも」

「懲罰委員になりたいのかい？」

「ちょっとぐらいなら。……なんとなく、格好いいし」

「この非力さじゃ、失格だな」

グイとひっぱられて、抱きこまれた。

「うわ！」

胸板の意外なほどにたくましい感触に、一瞬ドキリとする。

狼狽《ろうばい》して力の抜けた隙《すき》に、パーテーションの向こうに引きずられてしまったのだった。


「……わんな。……触んなって！　放せっ！」

荒屋敷の手は、大きくて力強かった。

手のひらに血管や腱《けん》が浮かびだした大人の手だ。

手首をつかまれると、自分の手がどんなに華奢《きゃしゃ》で色が白いか、しみじみと思い知ることになる。

「もういいから、離せよ……もー！」

パーテーションを回りこむと、そこにはベッドと等身大の鏡が置いてあった。

荒屋敷は、鏡の前に香椎を直立させた。

振りほどきたいのに、うまくいかない。

たった一年しか学年が離れてないのに、こんなにやすやすとあつかわれてしまうのは悔しかった。

何気なく触られているのに、腕も振りほどけないのだ。

——これが、懲罰委員の実力ってわけ？

武道の世界なら、きっと「やるな！　おぬし」って感じだ。

背後から、荒屋敷が香椎の身体を抱きこむように手を伸ばしてきた。

「ほら、じっと自分の顔を見てごらん」

あごをつかまれ、ぐっと上にのどをのけぞらされる。

荒屋敷の広い肩幅に抱きこまれると、自分の姿がやたらと小さく感じられた。

たぶん、身長差が十五センチはある。

鏡の中にある自分の姿は、いつもとはなんとなく違っているように見えた。頬が赤らみ、潤《うる》んだような瞳がキラキラしている。

やけになまめかしいような、奇妙な感じだった。

こんなのを直視したくなんてない。

なのに、荒屋敷の指があごを固定させて、視線を外させせない。

こんなにまじまじと自分の顔を見るのは久しぶりだった。

「ほら、このあご。唇……」

唇を、指先でなぞられた。

「……っ！」

触れられただけで、唇の表面からしびれが広がっていく。淡いピンク色だった唇が、さらに赤く染まって、艶《つや》めいていくようだった。

——なんだよ、これって……！

とまどいに、香椎は瞬《まばた》きを繰り返した。

荒屋敷に触れられているところから、身体が熱くなっている。

息だって苦しい。荒屋敷の指に呼吸を吹きかけることがなんとなくはばかられて、そろそろと息をしているからだ。

唇の端まで唇をなぞった人差し指が、今度は中指に変えられた。

柔らかな唇をつつかれた瞬間、思わず息を呑《の》んでしまう。

「ほら。……今、すごくいい顔をした」

荒屋敷の声が、耳元でささやいた。

吐息が柔らかく産毛《うぶげ》をくすぐる。過敏になっている身体が大きく震えて、泣き出しそうな顔が鏡に映った。

「違う！　してな……っ！」

「ね。……こんな顔をされたら、学園内の男がよろめくのがわかるだろ？」

「そんなの——っ！　わかる……はずない…よ…っ！」

わからないし、認めたくなんかない。

「しょうがないね。可愛い顔をして、頑固者《がんこもの》なんだ？」

荒屋敷の手が、いったん顔から離れる。

気配が遠ざかって、思いきりホッとした。

荒屋敷と至近距離で向き合っているだけで、ドキドキする。身体に触れられたら、それだけで体温が五度ぐらい上がっているようだ。

がちがちに身体がこわばっている。汗ばんでいるのに気づいて、手のひらで汗をぬぐおうとしたときだ。

また、背後に近づいた荒屋敷に抱きすくめられた。

「……離せ……ってばっ！」

なんだか、さっきよりも密着させられている気がした。制服ごしに、荒屋敷の身体の質感が伝わってくる。

振りほどこうとしたのに、手首を後ろ手に押さえこまれてしまう。下手に逆らうと骨でも折られそうなぐらい、関節をねじあげられているようだった。

「……っ！」

「君のどこが男を堕落《だらく》させるのか、教えてあげるね」

手首にかけられたのは、冷たい金属の感触だ。

手錠だった。

「なんで……こんな……っ！　俺、犯罪者でも、手錠好きのヘンタイでもないのに！」

「だって、暴れられると困るだろ。ただぼくは、君の罪を自覚させてあげるだけのつもりなのに、いちいち面倒なのは面倒だし、ゴメンだ」

襟元に回された荒屋敷の手が、香椎の制服を暴《あば》いていく。

あまりの展開に、香椎は大きく目を見開いた。

「やめ……ろって……っ！」

後ろ手に拘束されていることが、こんなにも抵抗力をそぐとは知らなかった。必死になって暴れようとしているのに、やすやすと押さえこまれてしまう。

「何すんだよ！　ふざけんな！　これじゃ、冗談に……ならな……っ」

「冗談でもないし、残念ながらやめる気もない」

しなやかに動く荒屋敷の指先が、学生服のボタンの前を全部開いていく。

荒屋敷の指先は、今度は下に着ていた白のカッターシャツへとかかった。首筋のボタンを外され、胸元から肌を暴かれていく。

「ちょっと！　そこまではよせ……っ！」

パニックだった。

バタバタ足を動かしても、息が乱れるばかりで荒屋敷を何とかすることができない。

視線はいやおうなしに、目の前にある鏡に向かっていた。

隙間からのぞく素肌が、シャツの白よりもなまめかしく目に映る。

腹近くまでボタンを外されると、シャツの裾をズボンの中からひっぱりだされる。へそのあたりまでがのぞいた。

「……何……を……するつもりなん……だよ……」

脱がされるのと同時に、だんだんと心細くなっていく。

荒屋敷は答えなかった。

香椎の頭のほうで、笑ったような気配がした。

「おしおき」

荒屋敷の右腕が後ろから回され、香椎の左の肩をぐっと抱きすくめられる。

動きを封じるその右腕はそのままで、空いた左腕が胸元に差しこまれた。

「――っ……!」

指先が、小さな突起をなでた。

それだけで、びくっと身体がはねた。

しかし、荒屋敷の身体に衝撃は吸収されてしまう。

「……つな……に……っ」

たまたま、突起をなでたのではないらしい。

荒屋敷の大きな手は、胸元に突っこまれたままだった、軽くにぎりこまれた形のまま、人差し指の先が戯《たわむ》れるように乳首をつついてくる。

「……っ……やだ……っ」

ぞくっとした。

そんなところで感じたことなどなかったはずだ。お風呂でも普通に洗ったりしているのに、乳首で感じたことなんてない。

なのに、信じられないほど鋭い性感が、香椎の身体を貫《つらぬ》いているのだ。

「感じる？」

荒屋敷が、からかうように小さく笑った。

とまどいに身体を硬直させている香椎の乳首を、さらに触れていく。

指先いで何度かつつかれるだけで、乳首は硬くツンと尖《とが》った。

その弾力を確かめるように指先に力を加えられると、つぶされるのと同時にどうにもならない快感がわきあがってくる。

「……やめろ……ってば……っ」

指先が円を描くように、硬くなった乳首を転がす。さらに、胸元からかきとるように軽く爪を立てられた。カリ、カリとひっかかれるたびに、硬質の刺激が下肢を熱くうずかせていくようだ。

「やだ……、もう……っ……離せ……っよぉ……！」

必死になってつぶやいた声は、小さくかすれていた。

「ダメだよ。君がわかるまで」

「何が……わかるっていうん……だよ……っ」

「君の身体が、こんなにもスケベだってこと。乳首やペニスが男を誘うほどいやらしい形をしているのが、これでハッキリとわかるだろ」

「……そんなわけな……」

――ダメ……勃つ……っ！

身体がぞくっと震えた。

香椎は恥ずかしさで、きつく目を閉じた。

男の身体は、快感を隠すことができない。まだ、それほど目立つほどじゃないけれども、これ以上させられたら、荒屋敷に知られるほどに育ちそうだ。

香椎は、下腹に力を入れた。

内股にもぐっと力を入れて、何とか気をそらせようとする。

初めての快感に、身体がとまどっていた。

どうしてこんなに反応してしまうのがわからない。

狼狽するくらい、快感が強すぎた。

乳首をちょっといじられただけでこんなに感じて、しかも勃てってしまっていると荒屋敷に知られたら、死ぬよりみじめだ。

だけど、荒屋敷は香椎のその必死の努力に気がつかないらしい。

「やめないよ」

荒屋敷のあごが、頭に乗せられる感触がある。そのまま、顔の位置を下にずらされ、耳にかかっていた髪を頬でどけて、耳元にふっと息を吹きかけられた。

――やめろって……！

思えば思うほど、身体は敏感に荒屋敷の愛撫を拾いあげていく。

指のかすかな動きや吐息にさえも、下肢がずくんとうずいていた。

「君がどうして罰を受けなくてはいけないのか、懲罰委員としては説明してあげなくちゃいけない立場だ」

「それと……これと、どんな……関係が……っあ……！」

胸元に差しこまれた荒屋敷の指が、そっと乳首をつまみあげた。

シャツが荒屋敷の手の形に盛り上がり、布地の表面に指の動きが伝わっている。直接、見えないけれども、伝わってくる感覚はリアルだ。

触れられていないはずの乳首も、じんじんとうずき始めていた。

なんだかかゆくて、きゅっとひねってもらいたい。そんな切実な要求が、ちくちくとそこの肉を食んでいる。もしかしたら、もう尖ってしまっているのかもしれない。

――なんで、こんな……っ。

こんなの、やめてほしい。

だけど、気持ちよくて、ずっと続けてもらいたい。

そんな相反した欲望が、香椎の中にくすぶりだす。

「……もう、ホントに……やだ……っ！」

鏡の中には、服を乱され、みだらにのたうつ少年が映っていた。

体重を背後の荒屋敷にあずけるようにして、やっとのことで立っている。シャツからのぞく胸元のラインや、縦にくぼんだへその形や、うっすらと浮かんだ腹筋の陰影が、自分の身体とは思えないほどに色っぽい。

——なんで……っ。

未完成の危うさを秘めた、少年の身体のラインだ。柔らかなカーブを描く肉の薄い身体だった。

白い肌がうっすらと上気して、桃のようなピンク色に染まりつつある。

——こんなのって……！

正視にたえられなくなっていた。

荒屋敷はさらに肌を暴いていく。

学生服ごと、シャツを肩から下ろされた。両方の肩をむき出しにされ、手首のあたりに学生服がわだかまる。

裸にされるよりも、恥ずかしい格好だった。

下ろされた学生服とシャツは、けっこうかさばる。服でも腕を拘束されるような形になって、胸を突き出さずにはバランスが保てない。

「目をそむけずに、ちゃんと見ていなよ。二年B組、出席番号二十三番の香椎柚実」

荒屋敷が、鏡越しにからかうように笑いかけた。

うっとりさせるほど優雅なくせに、相手を威圧せずにはいられない魔力も瞳に秘められている。

手のひらが、直接肌を伝った。腹のあたりから肌をなであげられ、また左の肩を抱きすくめられる。

「君の身体が、どこまでみだらなのか、教えてあげるよ。みんなが君を見たときに、制服をすかして見ている君の本当の姿を暴いてみようか」

なぶるのは、また右の乳首だ。

胸元に置いた荒屋敷の指が開かれると、指と指との間に乳首がのぞいた。

みずみずしいような淡いピンク色をして、せいいっぱいぷっつりと尖っている。

そっと荒屋敷が指を閉じると、つぶされて切ないような快感が走った。

人差し指と中指の第二関節の間でつまみあげられ、きゅっと先端までしぼりあげられる。

「……っ触ん…な…っ」

ずき、とするほど、下肢がうずいた。

指の間で挟みこまれるのは、指先でつままれるよりもずっとソフトな刺激だった。尖りきった突起をやわやわと揉みこまれると、膝まで震えるぐらい、身体の深いところがしびれていく。

今までは指の動きが見えなかったけれども、今度は全部見えていた。

つぶされて変形したときの乳首の形や、いじられてももっともっとというように、尖り

続ける乳首が恥ずかしい。

自分の身体の一部なのに、知らないもののようだった。

でも、もっともっと、いじってほしい。触れられるだけで、もう何も考えられなくなるぐらい、気持ちよくてたまらなくなっていた。

——でも……っ。

きっとこんなに感じるのは、荒屋敷だからだ。

荒屋敷の指は、魔法の力を秘めている。

彼にかかれば、きっと誰だって、こんなふうに恥ずかしい状態に追いやられるのだ。

そう思うことが、せめてもの救いだ。

「反対側も、触ってほしい？」

柔らかく、荒屋敷がささやきかける。

その言葉に、思わずうなずいてしまいそうになって奥歯をかみしめた。

「……やだ……っ、もう触んな……っ」

「へえ？」

荒屋敷が笑った。

うずき続けていた左の乳首に、荒屋敷の指が伸びていく。

「こんなに、こっちも尖らせているのに？」

左の乳首を荒屋敷がそっと触れる。

尖りきった右とは、まだ少し形が違っていた。

それでも、硬くなり始めているのは、間違いない。

ふと息をつめた瞬間、爪まで形のいい荒屋敷の指に小さな桜色をした乳首が揉みつぶされた。

「……っん……」

びく、と腰がはねた。

感じているのを隠すことができないこの反応がいやだ。

だけど、背後から腕をクロスされ、両方の乳首をつまみ出すように揉みだされると、身もだえしたくなるような快感に、足の力が抜けそうになる。

「……っあ……も、……離せ……。もうや……めろってば……ぁ」

甘い甘い悦楽だった。

ツンと尖った二つの乳首から、身体の芯まで駆け抜ける鋭い性感がある。

突起部分だけじゃなくて、埋《う》めこまれている乳腺《にゅうせん》の奥のほうまでうずきまくる。

もうやめてほしいと願った次の瞬間には、また次の刺激が欲しくなる。麻薬のような快感に何もかもわからなくなりそうだった。

男にこんなふうにされるなど、想像したこともない。

なのに、目を開けると、みだらな少年の姿が見える。

小さな乳首をむごいまでにもみくちゃにされて、息も絶え絶えに身もだえているのだ。

その少年は、自分だった。

「わかるだろ」

荒屋敷が指でつまんだ乳首の上下を強く押して、尖った部分をきつく押し出した。

「つん……っ！」

「君が、どれだけみだらな身体をしているか。こんな身体の持ち主だって自覚ができたら、フェロモンを無自覚に垂れ流しているってことも、納得ができるだろ？　そんなはた迷惑な相手には、懲罰委員会としてはおしおきしなくちゃいけないってことも、わかるね？」

「……っ……でも……っ」

「まだ意地を張るつもりなんだ？　乳首をつまんでやったときに、どれだけいやらしい顔をしてるか、ちゃんと見てた？」

「……ぅ……」

香椎の脳裏に、鏡の中にあった自分の姿がかすめる。

すごくいやらしい姿だ。

他人の目には、自分はあんなふうに見られているのだろうか。

あんなにエッチっぽいからこそ、押し倒されたり、手紙渡されたり、髪の毛むしられたりするのだろうか。

――俺だけが……知らなかったのか……っ。

普通の高校生だと思っていた。

なのに、乳首をちょっとつままれただけで、こんなに骨抜きになってしまうのは、やっぱり普通じゃないのかもしれない。

――聞いたこと、ないし……。

男が乳首で感じるなんて。

そんな事実があったら、それなりにえげつない同級生たちの猥談《わいだん》の中で出てくるはずだ。

女の胸についての話題は満載だったが、男の乳首について、まったく触れられたことがない。

――それに……。

水泳をしたときなどにさらされる、同級生たちの上半身を香椎は思い出してみる。

みんな、乳首は自分みたいにピンク色だっただろうか。高校生ともなれば胸板はそれなりにたくましく、乳首だってどうでもよさげにくっついているだけだった。

——あんま見せんな、って言われたことが……。

水泳のときに、なんだか胸元や腰への視線が気になっていた。なんでだかわからずにいたら、青木にバスタオルを肩にひっかけられたのだ。

『あんま、見せつけんなよ。目の毒だから』

そのときは、どういう意味かわからなかった。

だけど、今はわかるような気がする。

——やっぱ、俺がいけないわけ？

頭がボーっとしてきた。

自分に罪があるような気分になってくる。

「もう一回、見る？　今度は、ちゃんとどんな顔してるか、見てるようにね」

「やだ……っ」

もう、見たくなかった。

香椎はぎゅっと目を閉じた。

何もかもが信じられなくなりそうだ。

——やっぱ、俺がいけないのかな？　俺が……。

歯を食いしばると、震えのようにのどの奥から嗚咽《おえつ》がこみあげてきた。

パニックだった。

今まで自分の信じていた世界が、ガラガラと壊れていく。

「俺のせいじゃない……し……！」

それでも、認めるわけにはいかなかった。

「おやおや」

香椎の胸から離された指先が、少し張り出した肋骨をなぞり、引きしまった腹筋をなでていく。

「まだ、これくらいじゃ納得できないみたいだね。仕方がない。ちゃんと罪を自覚させることから、懲罰委員の仕事は始まるんだから」

荒屋敷はかすかに笑った。

嬉しそうだ。

――サド……っ……ヘンタイ……っ！

香椎は涙目で荒屋敷をにらみつけようとする。

サドのヘンタイでないかぎり、こんなことをしてくる理由がわからない。

しかし、そのサドのヘンタイに触られて、感じてしまっているのも事実なのだ。

荒屋敷の指が、ベルトにかかった。

しなやかな手つきでベルトを外されて、香椎は息を詰めた。

そっちは危険だ。

乳首よりももっと露骨で、恥ずかしい男の子の秘密が収まっているところなのだ。

「やめ……っ、そこはやだ……っ」

拘束された肩をよじり、香椎は必死で荒屋敷の腕から逃れようとした。

「暴れるんじゃないよ」

荒屋敷の腕が、もっと奥に伸びる。制服の上から硬くなっているところを無造作《むぞうさ》に包みこまれた途端、身体を快感が走りぬけた。

「……っひ……っ」

膝がガクッと崩れそうになる。

大胆《だいたん》になった荒屋敷の手のひらが、香椎のそれをなぞるようにぎゅっとにぎりしめた。

「あ、あ、あ……っ、やめ……っ！」

もう、自分でも信じられないぐらい熱い。

布に包みこまれたそれの形が、くっきりと浮かびあがっているような気がするほどだ。

「触ん……な……っ！」

震えながら、そうつぶやくことしかできなかった。

幹の部分を根元からしごきあげるようになぞられ、先端のあたりに親指の腹を押し当てられる。

狙《ねら》いすませたようにくぼみのあたりをくりくりといじられると、収縮性のある布地がしっとりと濡れていくのがわかった。

「……ん……っ」

荒屋敷の手のひらで、どくどくと脈打っているのが、恥ずかしくてたまらない。

「こんなに硬くして。すぐにでもイきそう。……恥ずかしいコだ」

ささやかれたことで、よけいにそのことを自覚する。

ペニスが感じてならない。

他人の手でにぎられているだけで、もうせっぱつまってたまらないぐらい、身体が追い詰められていた。

「も……離せ……、ぅ……っ」

腰を引いて荒屋敷の手から逃れようにも、背後に荒屋敷の身体がある。

足の内側に力がこもり、下腹をかばうように身体を丸め始めていた。腹のあたりに回された腕で支えられていなければ、すでに倒れこんでいただろう。

「どうする？　このままだと、制服を汚しちゃうけど」

親指の腹を緩慢に動かしながら、荒屋敷がささやいてくる。

「脱ぐ？　それとも、汚したまま帰る？」

もう、ほとんど荒屋敷のなすがままだった。

刺激に反応するだけの人形になったような気分で、香椎はうめく。

「もうやだ……っ」

前がキツくてたまらなくなっていた。

荒屋敷の笑い声とともにチャックを下ろされ、下着ごと膝まで服を下ろされる。

「じゃあ、脱がしてあげよう」

「……ぁ……っ」

もう、自分では立つこともできなかった。

淡い下生えに指が差しこまれ、うずきまくるペニスをしごかれた途端、悲鳴でも上げてしまいそうなほどの刺激に全身が震える。

「……っん！　……っは、ぁ……っ」

びくびくと腿《もも》が痙攣《けいれん》した。

ペニスがどうなっているのか、よくわからなかった。荒屋敷の指を濡らしているものは、あふれ出した透明な蜜だろうか。

普段ならきっと、絶頂に至っているかもしれないほどの快感が継続している。

びくびくと震えつづける下腹は、痛いほどだった。

淡い絶頂に、何度も達している気分だ。

なのに、他人の指にしごかれる緊張感があって、なかなか昇りつめることができない。

何度も根元から先端まで、筒状に丸めた指でしごかれる。指先が敏感な部分をかすめるたびに、あふれ出す雫が荒屋敷の指をぬるぬるとすべらせていく。

「あ、あ……っ」

もう、何もかも考えられなかった。

荒屋敷の手でしごかれていることも、ここが学校だということも考えられない。

意識の中にあるのは、ペニスの感覚だけだった。

ぬるつく指が敏感な部分でうごめくたびに、神経を直接いじられているみたいに快感が身体を震えさせる。

「ほら、ちゃんと見ていてごらん」

目を閉じて、もう何もかも忘れてしまいたい。なのに、荒屋敷の声が残酷な現実へと引き戻す。

「――イクときの顔」

肩越しに荒屋敷がじっと、鏡の中の香椎の狂態《きょうたい》を眺めているのがわかった。

まなざしに射抜かれる。

露出されたペニスも、腿にからみつく衣服も、縛られた腕も尖った乳首も、何もかも冷静に観察させられているのだ。

そう思った瞬間、内腿に強く力が入った。

ふっと意識が途切れ、びくびくっと激しく身体がはねる。

「――ひっ――んん……!」

絶頂は、我慢していた分だけ激しかった。

ぎゅっと身体が硬直する。

何度も下腹部をあえがせながら、気が遠くなりそうなほどの快感の余韻を味わう。

「……あ……」

もう、膝をつっぱることもできなかった。

イったあとも、何度かペニスをしごかれて快感が持続する。

香椎は、荒屋敷の腕の中をずり落ちていった。

視界の端で、飛び散った残滓《ざんし》がガラスの表面をゆっくりと伝っていくのが見えた。

腕の付け根をひょいと背後からひっぱりあげられ、香椎はベッドに腰かけさせられた。

荒屋敷が、濡れタオルで後始末をしてくれる。

手首の手錠をようやく外された。

パンツを上げられ、ベルトをしめられ、学生服を着せかけられて、元の格好に戻される
まで、香椎は人形のようになすがままだった。

ものすごい快感のあとで、身体に力が入らない。

荒屋敷の顔を正視できないぐらい、恥ずかしかった。

「わかった？　ぼくが君をお仕置きしなくてはいけない理由っていうのが」

「……わかるわけ……ないじゃん……」

「じゃあ、もう一回しようか」

言われて、香椎は硬直する。

あんな恥ずかしいこと、もう一度するなんて冗談じゃない。

荒屋敷にいじられてイってしまったなんて、一生の不覚だった。

ぎゅっとこぶしをにぎりこむ。まだ、身体の感覚が元に戻ってこなかった。

「わわわ……わかった！　わかったから！　自覚したから……！」

「その言葉、ちゃんと覚えておくように」

荒屋敷は香椎を見据えて、優雅に笑った。

「——じゃあ、今日はここまで」

荒屋敷があっさりと香椎を立たせてくれる。

顔を近づけられた。

おでこを、こつんと合わされる。

「次の呼び出しは、一週間後。——また、放課後四時にここに。いいね」

荒屋敷の指が、香椎のあごをすっとなでた。

さっき、さんざん香椎をなぶった指だ。

——ななな、……何をする気なんだ……？

まだ呼び出されるなんて、冗談じゃない。

しかし、とにかくその場から逃げ出したくて、蛇《へび》に見こまれたカエルみたいにうなずくしかなかった。

ACT・2

——なんだかなー。

ことあるたびに、香椎は荒屋敷に触れられた感触を思い出してしまう。

肌が、いつまでもうずきつづけているようだ。

荒屋敷の指先の感覚が、ずっと残っている。

もともと敏感な部分だけに、その感覚を振り払うのはやっかいだった。

——お年頃だし。……めちゃめちゃ恥ずかしかったけど、気持ちよかったし。

いいわけしながらも、身体の感覚とともにあのときのことを何度も思い出す。

彼の謎めいた笑みや、投げかけられた言葉の数々も、驚くほど鮮明《せんめい》によみがえってきた。

みっともなかった自分の姿に脳が灼《や》きつきそうな羞恥心《しゅうちしん》を覚えるのと同時に、荒屋敷に翻弄されたのが悔しくてたまらない。

——やっぱり、ムカつくよな……！

一日中、青くなったり赤くなったりして過ごしていた。

校内で、荒屋敷の姿を見かけたことがある。

呼び出しがあった三日後のことだ。

――あ……。

午後の教室移動のときだった。

遠くからでも、彼の姿は目立つ。

しなやかな長身を追いかけてしまうのは、香椎だけではないらしい。

スターのように多くの生徒の賞賛の視線を浴びながらも、荒屋敷はまったくそれを感じていないようだった。

繊細な絹糸のような黒髪が、彼の動きにつれてかすかに動く。

まっすぐに前に向けられていた顔が動いて、不意に視線が香椎のほうに向けられた。

ギクリとした。

話しかけられたら、ダッシュで逃げようと身構えてしまう。

しかし、荒屋敷の視線はそのまま通りすぎた。

固まっている香椎から少し離れたところを、荒屋敷は通りすぎていく。

「荒屋敷先輩じゃん」

香椎の横にいた青木が、荒屋敷を視線で見送ったのちに感動したようにつぶやいた。

「やっぱ、なんだかすげえ。……ど迫力」

「……たいしたことないんじゃない？」

「ん？　どーしたんだよ。前は、すげえ格好いいって言ってたじゃん」

青木が不思議そうに香椎を見た。

香椎は、フンと鼻を鳴らす。

「俺も大人になったってことかな。外見の格好よさだけには、まどわされなくなったの！」

「大人？　おまえがか？　剥《む》けたの？」

からかいに、香椎はむっと頬をこわばらせた。

同時に荒屋敷の手ににぎられたピンク色の先端を思い出して、頬が赤らみそうになる。

「剥けてるよ！　とっくに！」

「マジ？　いつ？　何年何月何日？」

「知るか！　バカ！」

メモ片手に聞き出そうとする青木をぶっとばしてから、香椎はずんずんと歩いた。

青木のことより、荒屋敷に人前で無視されたことにショックを受けていた。

四号棟二号室での呼び出しのことは、きっと公的には内緒なのだ。

わかってはいても、なんだかムカつく。

香椎はぎゅっと手のひらをにぎりこんだ。

——もう、あんなヤツなんて知るか……！

呼び出しになんて、応えてやらない。

わけわからない罪など押しつけられて、もうたくさんだ。

頭のてっぺんから湯気が立ちそうなほど、腹が立っていた。


一週間後の金曜日、午後四時。

荒屋敷は、小部屋の窓から昇降口を監視していた。

香椎が逃げ出そうとしても、ここでチェックできる。裏門にも部下を配置して、チェックするようになっていた。

——いた……。

二十分ほど待ってからのことだ。

何かにおびえているように、こそこそとした動きで香椎が現れる。

廊下や、靴箱の左右を見回し、背を丸めるようにして学園から逃げ出そうとしていた。

荒屋敷は小部屋から出た。昇降口を出たところで、香椎に追いつく。

「四号棟は、そっちじゃないよ」

背後から声をかけると、香椎はぎょっとしたように振り返った。

「わわわ……って、出たっ！」

「出たとは失敬な。わざわざ、迎えにきてやっただけだ」

二人で話しているのがほかの生徒に見つからないように、荒屋敷は香椎の手首をつかんで、すばやく近くの空き教室に入りこんだ。

「懲罰委員会の呼び出しを無視したら、どんなお仕置きが待っているか、想像したことはないのかい？」

「え？」

「お仕置き。ひどいの、されたい？」

「されたいはずないだろ！」

「だったら、ぼくの言うことには素直に従うこと。図書館で飼ってるデメキンが、どうなってもいいのかい？」

香椎が図書当番のときに、デメキンに楽しそうに餌をやっている姿を目撃していた。

「卑怯だよ！　脅《おど》すつもりか！」

「そんなのが脅しになるなんて、君ぐらいだな」

荒屋敷は苦笑した。

想像していた以上に、香椎は楽しい性格らしい。

香椎は悔しそうに唇をかみ、しかたなさそうに息を吐き出した。

「……バカ」

「ん？」

「荒屋敷のバカ。……ヘンタイ」

そんな可愛い反応にも、荒屋敷は笑ってしまう。

「――じゃあ、行こうか。四号棟に」


「まず、君にハッキリと自覚してもらわなくてはいけないのは、だ」

四号棟二号室についてから、荒屋敷は医者が使うような回転椅子を引き出した。

足を組み、肘も肘かけにひっかけてリラックスしてから、香椎を向かいの丸椅子に座るように指示する。

問診する医師と患者、のような位置関係だ。

「まず君は、罪を受けなければいけない、ということ。校内の風紀を乱しているという件でね。前回、君が無自覚にせよ、どれだけみだらに男を誘っているものなのか、しっかりと自覚させてあげたと思うが」

意味ありげに間を取ると、香椎の頬がピンク色に染まった。

あのときのことを思い出しているらしい。

「……う……」

ふくれっつらで、上目遣いににらんでくる。

心から納得している顔ではない。

くせなのか、唇を尖らせている。愛らしいピンクの唇が突き出されると、どれだけ男心を誘うものなのか、ちっとも自覚はないようだ。

不満そうな顔をしながらも、それについて言い返さないのは、前回のことがよっぽどこたえているのだろう。

香椎を見据えながら、荒屋敷はかすかに笑った。

「お仕置き内容は、鞭打ち百回だ。教鞭を使う。一回で肌は裂け、五回から十回で泣きながら慈悲を請うようになる。百回たたかれたあとには、お尻の筋肉組織がずたずたになって、まず一ヵ月ほどは普通に椅子に座れないだろう。ドーナッツクッションは、こちらから贈呈《ぞうてい》しよう」

「ウソ！　ゲロマジ？　そんなの、なしだろ？」

香椎が息を呑んだ。

顔が蒼白になり、大きく目が見開かれる。

——いい顔をするね……。

荒屋敷は表情を変えないまま、たっぷりと堪能《たんのう》した。

机の引き出しを開き、仕置き道具の愛用の鞭を見せつけるように取り出す。

手首のスナップを利かせて振りぬくと、空気を切る鋭い音が響いた。

「——いい鞭だろ。イギリスの、とあるパブリックスクールから伝わったという教鞭でね。若い男の生き血をたっぷり吸って、いい色に染まっている」

手のひらで鞭をしならせながら、荒屋敷は残酷な笑みを浮かべた。

「……っなんか、それって最悪……。つうか、どうしてそんな趣味悪いの持ってるわけ？いやだよ！　絶対俺、そんなのいやだからな！」

「いやと言われても、ときにはぐっとこらえてやらねばならぬことも世の中にはある」

「けどけど……！」

「ここが保健室っていうのも、鞭打ちやほかの仕置きのあと、すぐに手当てができるという意味もあるんだ。ガーゼもピンセットも消毒薬も包帯もある。切れすぎたら縫合用の針と糸も……。希望があったら、麻酔なしで縫い合わせてあげてもいいよ。そういうのは得意だ」

「やだ……やだ、そんなの絶対……！　っていうか、どんな体罰が今の日本で許されるはずないじゃん！」

「そう思う？」

「あたりま……っ」

「しかし、そうでもないんだ」

まなざしで荒屋敷は香椎を威圧した。

おびえきった香椎の表情をたっぷりと観賞してから、荒屋敷は長い足を組みなおす。

「普通は、いやおうなく鞭打ちを受けてもらうんだけれども、君の場合は特別に別の選択肢も選ばせてあげてもいい」

「別の……？」

香椎の顔が、パッと輝いた。

「そう。懲罰委員会の仕事の手伝いをするつもりがあるのなら、鞭打ちを免除《めんじょ》してやってもいい。しかし、言っておくが、簡単な仕事じゃない。逃げ出そうとした君に、耐えきれるかな？」

「簡単じゃなくてもいいよ！　鞭打ちより千倍マシ……っ！」

「マシだとは、言い切れないかもしれない」

憂鬱そうに、荒屋敷は鞭をなでた。

「あとで、鞭打ちのほうがよかったと後悔するかもしれないよ。……それでも、いい？」

「いい、いい！　絶対そっちのがいい！　手伝いって、懲罰委員になるの？　バッジとか、手帳あるの？」

荒屋敷の気が変わるのを防ぐように、香椎は息せきこんでいた。

その姿がほほえましくて、荒屋敷はあやしく笑う。

「痛いのは、そんなに嫌いなんだ？　君に手伝えと言っても、懲罰委員になれと誘っているんじゃない。君に懲罰委員は勤まりそうもないからね。——君には、おとりになってもらう」

「へ？」

鞭の先で、荒屋敷は香椎ののどをなでた。

のどぼとけのあたりが、ヒクリと痙攣する。

「男が一度約束した以上、もう後戻りはきかない」

荒屋敷は微笑んだ。

かすかに、胸のうちが騒ぎ始めている。

こんなに他人に興味を持ったのは、久しぶりだった。

それだけで、香椎は危険な存在だ。

荒屋敷は香椎の瞳をのぞきこむ。

しっかり、懲罰をあたえてあげなくてはいけなかった。

甘い甘い、悦楽の懲罰を。


「くのいちとか、女スパイなどの適任者に、特別にあたえられる訓練があるという。君におとりになってもらうために、その類《たぐい》の訓練をほどこす。同時にそれは、無自覚に学園の生徒をたぶらかすことがないよう、君の身体からのフェロモンを自覚的にコントロールすることにもつながるはずだ」

そう言って、荒屋敷はゆっくりと立ち上がった。

香椎は目を丸くして、丸椅子に座りながら荒屋敷の言動を見守った。

荒屋敷は謎だ。何を考えているのかわからない。

なのに、不思議な吸引力があった。

事態が理解できないまま、荒屋敷に押し流されまくっているが、香椎ながらに理解してみたところは、こうだ。

生活態度がだらしなくて、周囲の青少年に悪影響を与える水商売の女——刺激的なスケスケ下着やヒモパンを他人の目に触れるところに干していたり、肌もあらわに寝乱れた格好でゴミ出しに出てきたりする——と香椎は、同じような立場なのだろう。

自分の家の子供が刺激されて困っている。そんなアパートの住民の苦情を受けた大家が、その水商売の女に注意しに行く。荒屋敷は、大家の役割なのだ。

——えーと。つまり、そういうことだよな。

自覚なんてない。

他人を挑発したことなどないし、誘おうと思ったこともない。しかし、一週間前に荒屋敷に暴かれた乳首のように、無自覚にあんなものをさらしているのは害毒なのかもしれない。

「あの……っ」

質問してみることにした。

「なんだい？」

「その訓練を受けたら、校内に親衛隊が組織されることもなくなるかな？」

「おそらくね」

「毎朝、『出迎え』なんか受けずに普通に登校したり、『君からの電波が伝わってくる』なんて変な手紙もらったり、『パンツ何色?』っていう電話をもらわずにすむのかなぁ?」

「……たぶん」

香椎は少し、嬉しくなってきた。

「トイレ行くときに、つれションだ! って騒ぐ同級生をぶっちぎらなくてもよくなったり、俺が飲んだあとのウォータークーラーに誰かが口つけて飲んだりするのを見て、気持ち悪くなったりすることもないんだよね! それなら、ちょっといーかな、って気もするんだけど。あと、バッジがもらえればいいんだけどな。懲罰委員の」

香椎は、ねだるように荒屋敷を見上げた。

高校生活は、まだ半分も残っている。ずっと大変な思いをするよりも、もし自分に原因があるのならすっぱりと直してしまいたい。

だけど、その訓練内容がどんなものか、予想もしていなかった。

「懲罰委員のバッジはないよ。手帳もない。——では、訓練を始めようか。服を脱いで。……全部」

背筋がうずくような低い声で、荒屋敷が告げる。

「ええ？　脱ぐって、脱ぐって……どーして？」

香椎はぎょっとした。

エッチっぽいのは、前回で終わったはずだ。

「もう後戻りはきかない、と言ったはずだよ」

荒屋敷のまなざしは威圧的で、皮膚の表面まで淡くしびれるような緊張感があった。手には、教鞭を持ったままだ。

きっと口答えなどしたら、容赦《ようしゃ》なくひっぱたかれるに違いない。

——なんだかわかんないけど、ここは裸一貫《はだかいっかん》、がんばらなきゃいけないってわけ……？

きっと、男には厳《きび》しい道がある。

乾布摩擦《かんぷまさつ》でもするつもりで、がんばらなくていけないのだ。

ごくっと息を呑んでから、香椎はぎくしゃくと立ち上がった。

言うとおりにすぐしようと思うのに、緊張でなかなか指が動かない。

荒屋敷に見られていると思うと、どうしても硬直してしまう。

それでも学生服の上を脱ぎ、シャツも丸めて脱ぎ捨てる。

何をされるのか、期待と不安に鼓動が早くなっていた。

服を脱ぐ途中で、ちらりと乳首が見えた。硬く勃ちあがり始めているのが、恥ずかしい。

――でも、前みたいなことはしないよな……。

思い出すだけで、ドキドキする。忘れられない思い出だけれども、あれはちゃんと理由があったのだ。

ズボンも下ろし、下着も脱ぐのかと躊躇《ちゅうちょ》した瞬間、荒屋敷の声が飛んだ。

「全部って言ったはずだ」

あわてて、香椎は下着を脱ぎ捨てた。靴下も下ろしていると、クスリと荒屋敷が笑う。

――見られてる……。

それだけで、ぞくぞくした。

ちっちゃくなって、どこか狭いところに逃げこんでしまいたい。

「脱ぎかたに色気が足りないが、おいおい覚えていくってことで。……では、こっちに」

裸足《はだし》だと、リノリウムの床はひんやりと冷たい。

荒屋敷のあとをついて、パーテーションを回りこむ。

そこにあったのは、保健室のベッドだ。コンパクトなサイズのマットと枕が、白のシーツに包まれてセットされている。

「ここに寝て」

荒屋敷はベッドを示して、横の椅子に腰を下ろした。

「変なこと、するわけじゃないよね？」

警戒するように、香椎は荒屋敷を見た。

「変なことって、具体的には何を指すんだ？」

「え？」

香椎はぐっとつまった。

乳首をぐりぐりしたり、ペニスをしごいたり、そんなことしますか？　なんて口に出しては言えそうもない。

「ええと……なんというか、……その」

香椎は、裸の胸を真っ赤になりながら示した。

「ここ……触ったりとか……します？」

「触ってほしいの？」

フンと鼻で笑いながら聞き返されて、香椎はぶんぶんと首を振る。

本当は、ちょっとだけ——いや、もうちょっと触ってほしいと思う部分もあった。

何せ、めちゃめちゃ感じたのだ。

だけど、そんなことを高校二年男子の身で認めるわけにはいかない。

「……とにかく、さっさとここに横になりなさい」

あきれたようにいわれ、香椎は診察を受けるような厳粛《げんしゅく》な気分で横たわる。

寝返りを打つと落ちそうなぐらい、横幅が狭い。

香椎は神に祈るように両手を胸の前で組み、天井を向いた。

――たぶん、大丈夫……。

自分に言い聞かせてみる。

――今回のは、よくわからないけど、訓練みたいだから。学園内の男におっかけられないようにするための。

「どんな気分？」

からかうように、言われる。

天井を眺めながら、香椎は目を閉じた。

校舎の誰もこないあたりだとはいえ、校内で裸になって横たわっている状況を考えると、平静ではいられない。

「ドキドキ……してる」

「そう。ドキドキしてるんだ」

荒屋敷の手が、脈でも取るように香椎の手首をつかんだ。

組んでた指を解かれ、右手だけを頭上のヘッドボードまで動かされて固定される。さらに手首とヘッドボードを伸縮性のある包帯でグルグル巻きにされていく。

「あの……。俺もベッドもケガしてないけど……」

あまりにも当然そうに作業されるので、香椎は呆然としながら眺めていた。

荒屋敷は反対側の手首もつかみ、両手首とも万歳するような格好で包帯で固定してしまった。

すごくすばやい。

香椎の頭の回転が追いつかないぐらいだ。

「ケガしてなくても、包帯には別の使い方ってのがあるんだよ」

「……っ——」

荒屋敷の手が縛られた場所から腕をなぞり、二の腕の敏感な部分を伝って胸元まで撫で下ろしていく。

手のひらが乳首でひっかかるような感触があった。

のどがひくっと震える。

やっぱり、そこは困るぐらい敏感なのだ。

「なに……っ？」

「ここ、女の子よりも感じるのかな。恥ずかしいね」

指の腹で、色づいた部分をなぞられた。

中心にある尖った部分だけは、最初の一回以外触ってくれない。なのに、きゅっと硬くなっていくのがわかる。内側から無数の針でつつかれているみたいに、むずかゆくしこっていくのだ。

「……っん……ちょっと、そこ……っ、触る――な……」

米粒ぐらいの、本当に小さな部分なのだ。

だけど、そこの刺激が全身を悩ませる。

いっそのこと、爪を立ててむしってなくしてくれたら、どんなに楽になるだろうか。

「……つぁ……ぁ！」

下から上へ、突起をつぶしながら押し上げられた。

じわ、と何かがあふれ出すような刺激が下肢に広がる。

何度かつつかれ、くりくりと指先でいじられた。

たったそれだけなのに、じっとしていることができない。

横たえられ、全身の力を抜くことができるだけに、すべての感覚がそこにばかり集中していくようだ。

「……これが、……ぁ……訓練な…っ……のかよ……？」

「そうだよ。それ以外に、意味があるはずないだろ」

きゅっと、つまんでひっぱられる。反射的に、足の裏でシーツを乱した。

「……っん……っ！」

一週間の間、何度も思い出して、ゾクゾクしてしまった刺激——自分では、決して再現できなかった荒屋敷の指による感触が、あのときのうずきとともによみがえってくる。

「ぼくもこんな面倒なことを、わざわざしたくなんかないけど。触れば触るほど、感度が上がるものだ。開発しておかなくてはいけないからね」

乳首が硬くしこっていた。

その先端を、荒屋敷が爪の表面でなでる。

「舐めて……あげようか」

したたるような誘惑を秘めていた。

香椎は腕を縛られたまま、荒屋敷の顔を見あげる。

形のいい唇は、笑いの形をしていた。

——あの口に舐められたら、どんな感じがするんだろう。

甘い誘惑が、脳裏をかすめる。

「訓練の一環だよ。舐められたらどんな感じがするのかも、ちゃんと知っておいたほうがいい。——どうする？」

挑《いど》みかけるように、荒屋敷は瞳を細めた。

少し、バカにしているような顔だ。

そんなのくらいやってみせる！　という反発心が、香椎の胸にわきあがった。

「やって……みろよ……！」

そんなの、平気なはずだ。

必死になって、自分に言い聞かせた。

荒屋敷がベッドに上がり、香椎の身体をまたいだ。狭いベッドの左右で上手にバランスを取りながら、薄い胸元に唇を落としてくる。

「……っ——！」

吐息が肌にかかった。

舌先でまずは、尖った部分を舐められる。

指先よりも柔らかい、かすかな刺激だ。

香椎は縛られた手首をぎゅっとにぎりこんだ。手首を固定されているせいで、胸全体がのけぞるようになっていた。

唇は突起を湿らせてから、全体をやんわりと圧迫した。

「ウ……ッ、あ……」

――すげ……！

予想していた百倍くらい、すごい刺激だった。

下肢がとろけていくような甘い快感が、じんわりと広がっていく。

じっとしていられないようなむずかゆさがあった。

指による愛撫が身体を表面からむしばむとしたら、舐められる場合は内側から身体を溶《と》かされていくような刺激だ。

唇が突起部分を柔らかく甘かみし、軽く吸いあげられた。

反対側の乳首を指先でいじくりながら、荒屋敷はたっぷりと突起を愛撫していく。

「……ふ……、あ……っ」

声をかみ殺そうとしても、うまくいかない。

びく、と身体が震えるたびに、声ももれた。

ここは学校だ。

廊下を誰が通るのか、わからない。

こんなところを、誰かに見られてしまったら、死ぬよりみじめだ。

なのに、狼狽《ろうばい》するたびに吐息がもれる。

——ダメだ……っ！

左右一緒にされるのに、香椎は弱いようだった。

どっちからの刺激なのか脳が処理しきなくなって、腰がもぞもぞと動いてしまいそうになる。つま先にまで、早くも力が入っていた。

舌先が、突起をたっぷりと舐めあげる。濡れた音が聞こえ、荒屋敷が乳首で立てている音だと理解した途端、頬が灼けつくように熱くなった。

「……っん……っ」

ぎゅっと目を閉じる。

——なんでこんな……っ！

計算違いだ。

視界を閉ざすと、刺激ばかりに意識が集中していくことがわかっていた。それでも変な顔をさらすのが怖くて、目を開けていることはできない。

突起を舌がつつく。

円を描いて舐めあげられ、吸いあげられる。

そんな緩慢な愛撫に、身体がどうしようもなく高まっていくのを感じていた。

「どう？」

荒屋敷が顔を上げて、尋ねてきた。

「気持ちいい?」

視線のすぐ上に荒屋敷の顔がある。

こんなことをされながらだと、どう答えていいのかわからなかった。

頬が赤らむ。

気持ちいい、っていう身体の反応なのは、荒屋敷にはお見通しだろう。

「……わか……んな……っ」

「わからないんだ? ダメだね」

荒屋敷は笑った。

唇を、今まで舐めてなかったほうに落とす。

チク、と刺すような痛みが襲ったのは、次の瞬間だ。

「ア……っ!」

乳首に、歯を立てられていた。

ぎりぎりと突起に歯を立てられ、もう我慢できない、となると、不意に離される。

だけど、またすぐにかまれるのだ。

「ア、ア、……ついた……っ」

痛みから逃れようとするように、香椎は身体をよじる。

だけど、荒屋敷を妨害することはできなかった。

お仕置きするように歯に力を入れられると、身体は硬直して、抵抗どころではなくなる。

弱くて敏感な部分だけに、痛みには弱かった。

「……っア!」

それでも、痛いばかりではないのが切ない。

痛みが消えていく最中に、快感へと変わっていく。まるで、快感の程度が強いものが痛みとでもいうようだ。

乳首に残るうずきは、じんじんと熱感すら持っていた。

そのうずきを癒《いや》すためには、もう一回かまれてみたいとまで望んでしまう。

「もう一回、聞いてみようか」

乳首を癒すように舐めてから、荒屋敷が顔を上げた。

「――気持ちいい……?」

今度は、意地を張ることなんてできなかった。

「気持ち……いい……よ……っ」

目の端《はし》に涙が浮かんでいた。

荒屋敷の顔を正視することすらできず、天井を眺めながら小さな声で答える。

たったそれだけなのに、頬が熱くなった。

頭の中で考えるのは簡単なのに、口に出すと途端に消え入りそうなほど恥ずかしくてたまらなくなる。

「そう。気持ちいいんだ。柚実のここ」

荒屋敷の口調が、微妙に変わった。

『君』ではなく初めて名で呼ばれて、むかつくような嬉しいような恥ずかしいような複雑な気分が胸に満ちる。

「──っ……！」

両手指できゅっと突起をひっぱられて、声を殺すのが大変だった。

「どれくらい、気持ちいい？」

荒屋敷が、さらに質問を重ねてくる。

どう答えていいのか、わからなかった。

だけど、ちゃんと答えないとまたお仕置きされそうな予感がある。

「……すごく……っ」

「すごく？　こんなにここを真っ赤に腫《は》れさせて、すごく気持ちいいんだ、柚実は」

親指の腹で、左右一緒にこねあげられる。

「ア、ア……っん……」

「乳首だけで、イっちゃえるぐらい？」

荒屋敷が笑う。

イジワルそうな顔をしていた。

顔がいいだけに、なんだかやたらと悔しい。

逆らってやろうと思ったけれども、こんな状態ではどうしようもない。

どろどろに熱くなった下肢を思い、香椎はかみしめていた唇を開いた。

「たぶん……っ」

「たぶん、なに？」

乳首をくっと、上にひっぱられた。

「──っん……！」

身体がびくびくと震える。

根性ワルだ。

きっと、素直に答えるまでこうやっていじめ続けるつもりなのだ。

「……だから、気持ちいいってば！」

「乳首だけでイケるか、って聞いてるの」

荒屋敷が、つまみあげた乳首をきゅっと横にひねった。

「あああ……っ」

「どう？　答えてみな」

「たぶん……っ」

香椎は唇を湿した。

「乳首だけでイっちゃえるぐらい……気持ち……いい――よ…ぉ…っ」

涙が浮かんでいた。

こんなに恥ずかしいこと言わされるなんて、このまま消えてしまいたい。

身体が熱くなっていた。

頬も耳も真っ赤で、じんじんと乳首がうずいている。

「じゃあ、見ててあげるから」

荒屋敷の手が上方に伸び、ヘッドボードに縛りつけていた包帯がほどかれた。

「――乳首だけで、イってみてごらん」

頭のどこかが麻痺《まひ》しているようだった。

香椎はゆっくりと身体を起こす。

包帯をほどかれた手首をさすりながらうつむくと、ペニスが腹につくぐらい硬く勃起していた。

じゅくじゅくと先端からあふれつづける蜜《みつ》で、かゆくてたまらない。ぐっとにぎってしごいてみたら、きっとすぐにイけるほど気持ちいいだろう。

「そっちには触っちゃダメだよ」

椅子に腰かけながら、荒屋敷が注意した。

高々と足を組み、身体を少し横に流しながら、優雅に見物するポーズを決めこんでいる。

「触るのは、乳首だけ。ほら、早くやってごらん」

言われて、香椎は唇をかんだ。

こんなところ、見せたくはなかった。

だけど、イケズな荒屋敷は絶対このままでは許してくれないだろう。

――くそう……っ！

自分で鎮《しず》めるしかないのだ。

香椎は、おそるおそる右の乳首に触れてみる。

硬く尖っていた。

指の腹で転がすと、じぃんと切なくなるような刺激が下腹に満ちていく。

「……っ……」

「両手、使っていいよ。イクまで、そのままだからね」

言われて、両方の乳首をつまんでみる。

——鏡がなくてよかった…かも…。

こないだみたいに等身大の鏡があって、そこから目を放してはいけないとしたら、死ぬほど恥ずかしいだろう。

——でも……っ！

この姿を荒屋敷が見ている。

膝にぎゅうと力がこもる。

荒屋敷の目には、どんなふうに映っているのだろうか。

——きっと、バカにされてるんだ……！

あさましく、みっともない姿に写っているに違いない。

「……つふ……」

それでも、身体の熱はどうにもならない。

香椎は乳首をカリカリと指先でなぶった。そのたびに、緩やかな波に押しあげられるように昇りつめていくのがわかった。

「……っは……っん……」

のどをのけぞらせ、眉を寄せて、目を閉じた。

もう何も考えず、こみあげてくる刺激に、身を任せようとしたときだ。

「――恥ずかしいね」

魅惑的な低音で、荒屋敷がささやいた。

その衝撃に、きつく乳首をつまんでしまう。

爪が食いこみ、びくびくっと身体がはねた。

「――っあ、……はぁ、あ――っ！」

身体を抱きしめるようにしながら、香椎は背筋をのけぞらせる。

「あっ……！」

下腹に生暖かいものが広がった。

乳首だけでイクなんて、今まで想像もしたことがないほど恥ずかしいことだった。

べたべたの身体をぬぐうことも、許されなかった。

イった途端、香椎は急に正気に戻った。荒屋敷の目の前で披露した醜態《しゅうたい》に、うちのめされたようにうつむいてしまう。

頬が真っ赤になっているのがわかった。

身体を丸めている香椎の横に、荒屋敷は膝を乗りあげた。

あごを指先一本で引き寄せて、口づけるほどの位置で告げてくる。

「君に手伝ってもらおうという任務について、少し説明しておこうか」

「う……ん」

視線をそらすのも、休むのも許されない。

いつの間にか浮かんでいた涙を、荒屋敷に指先でぬぐわれる。

香椎は泣かないように目にぐっと力をこめた。

「――うちに、セクハラかもしれない、という疑惑をかけられている教師がいる」

荒屋敷の瞳は、黒曜石のように輝いていた。

香椎のあんな姿を見ても、少しも変化したようすがない。

軽蔑《けいべつ》をあらわにされていないのは嬉しかったが、道具のように見られているのはなんだかムカついた。

「そのうわさが本当かどうか確かめるために、君におとりになってもらいたい。……男を誘惑する練習をするのは、そのためだよ」

「……誘惑……？」

ぼうっとしながら、香椎はその言葉を何度も頭の中で繰り返した。

――訓練って、その訓練……？

こんなにひどいことをされているのは、おとり捜査のためなんだろうか。

「……懲罰委員って、いつもそんなことしてるのかよ？」

なんとなく、ショックだった。

頬がこわばっている。

香椎は唇をかみしめた。

「普段はしないよ。君みたいに、資質がある相手にだけね」

まだ、香椎の身体が震えていた。

イクたびに、なんだか怖い。

他人の家で粗相《そそう》をしてしまったような決まり悪さと不安に、もぞもぞと落ち着かなくなってしまうのだ。

「そんなのって……」

「いまさら、やめるわけにはいかないよ。さっき、懲罰委員の仕事を手伝うと君と誓約したばかりなんだから」

かすかに微笑みながらも、荒屋敷のまなざしは厳しかった。

にらみ据えられると、香椎は息を詰めてしまう。

いまさら、「やめました」は通用しないことがわかった。

「柚実が乳首だけでイってしまうぐらい、敏感なのがわかった。……次は、別の練習をしようか」

香椎が口答えしないのを確認して、荒屋敷のまなざしが少しだけ優しくなった。

——こんな顔もできるんだ……。

見とれてしまう。

荒屋敷の指先に、軽く唇をなでられた。

唇の表面に、じぃんと痺れが残る。

「次は、何の…練習だよ！」

もう、こうなったら、何をされるのも一緒だ。

開き直って、香椎は頬をふくらませた。

べたつく下肢でシーツを汚してしまうのが、なんとなくいやな感じだ。

ベッドに手をつくと、生臭い匂いが下腹のあたりから漂っているような気もした。

「では、練習を続けようか。唇を使ってもらう」

荒屋敷の指が、香椎の唇をもう一度なぞった。

女の子みたいな、ふっくらとした赤い唇だ。

かすかに開いた唇の隙間から、荒屋敷の指が忍びこんできた。

「舐めて」

低く、ささやかれる。

言われる前に、舌がおずおずと荒屋敷の指に触れていた。

「ん……っ」

口の中をたっぷりとかき回し、指が出て行く。

荒屋敷が立ち上がって、学生服の上を脱いだ。

学ランはキッチリと着こなしているのに、その下のシャツのボタンは上から二つ外れていた。

隙間からのぞいたくっきりとした鎖骨が、力強くて艶っぽかった。

「脱がしてくれる？」

断られることなど考えてもいないように、荒屋敷が命じる。

なんだかドキドキしながら、香椎はその言葉に従った。
——一人で裸より、マシだよな……。
無駄な肉のない、野性味すら感じさせる身体があらわになっていく。
シャツを脱がせ、ベルトに指をかけたときに、荒屋敷が言った。
「フェラ……って、したことある？」
その言葉に、香椎は反射的に赤くなった。
これから、そんなことをするのだろうか。
見上げると、荒屋敷が笑うような形に瞳を細めた。
「未経験なら、お手本をしてあげようか」
「ばっ……！」
絶句する。
そんなこと、したりされたりすることが突然くるなんて、思ってもいなかった。
想像しただけで、身体の芯がカーッと熱くなる。
そのまま、昏倒《こんとう》してしまいそうになった。
——もしかしたら、すげえ悦《い》いかもしれないけど……。
クラスの男子で猥談してたところによると、めちゃめちゃいいらしい。

しかし、好奇心はあっても、踏みこめるもんじゃなかった。

荒屋敷のあのまなざしの前で足を開くなんて、考えただけでも頭に血が昇って、鼻血が吹き出しそうだ。

「いい……いいいい……」

真っ赤な顔で、香椎は硬直した。

「いい？」

「いいいい……いやっ……いやいやいや……っ」

壊れたおもちゃみたいに、その言葉ばかりを繰り返してしまう。

その頬を荒屋敷がすくいあげて、瞳の奥をのぞきこんだ。

「じゃあ、ぼくのをしてくれる？　やり方を教えてあげるから」

動揺のない、穏やかな声だった。

「へ？」

香椎は、ごくりと息を飲む。

そんなことをしてもいいのだろうか。

——されるより、まだマシか？

荒屋敷にフェラなんかされたら、死ぬほど恥ずかしいだろう。けど、香椎がするなら、恥ずかしいのはきっと荒屋敷のはずだ。

――だよな？　たぶん……。

だんだんと自信がなくなってきた。

ためらうように、荒屋敷の顔を見上げる。

――どんな顔、するんだろう……。

そんな疑問が、頭をかすめた。

口ですれば、いくら荒屋敷でも今までみたいに冷静な顔は保っていられないはずだ。

――だって、俺、何度もイカされたし！　一度もイカしてないのは、不公平だし！

荒屋敷の感じた顔も、見てみたかった。

フェラに自信などない。不安ばかりだ。

「じゃ、じゃあ、やってやるよ！　下手だとか、文句言うなよ！　初めてなんだからな！」

ドキドキするような高揚を感じながら、香椎は乱暴に荒屋敷のベルトを外していく。

チャックを下ろすと、もう荒屋敷のはすでに熱く硬く育っていた。

涼しげな顔をしていたくせに、こんな状態だったなんて意外だ。

香椎は思わず、荒屋敷を見上げた。

ん？　というように、荒屋敷は眉を上げる。整った顔に、共犯者じみたいたずらっぽい笑みがかすめた。
「……歯を立てるなよ」
低い、かすれた声でささやかれた。
その声にぞくっとする。
――めちゃめちゃ感じさせてやるんだから……！
荒屋敷にされたときみたいに、香椎は決意した。
「じゃあ、まず好きなようにいじってみてくれる？」
熱く弾力のあるものに、香椎はこわごわ触れてみた。
自分のは知ってるけれども、他人のに触れたことなどなんてない。
――なんか、俺のと倍は違うような気がしたりして……。
ごくっとつばを飲んだ。
大きさだって、形だって、色だって荒屋敷のは「男」の持ち物だという気がした。
手のひらでにぎりこみ、そっと唇を寄せてみる。
不快感はなかった。匂いも感じられない。
「どうした？」
荒屋敷があおってくる。

「処女じゃあるまいし。同じもん持ってるんだろ」

「持ってるよ！　別に、比べてたんじゃないよ！」

「君のと、比べられるほうもむなしい」

「……ってめー……！」

ムカつくことを言われて、香椎はガッと口を開けた。

しかし、勢いがあったのはそれまでだ。

まずは硬く張りだすきっさきの弾力を確かめるように、おずおずと唇を押しつけてみる。

熱かった。

ぬるつきが、唇にくっつく。

――口に入りきるかな……？

さらに唇の隙間から、舌も出してみた。

おずおずと先端あたりを舐めながら、きっさき全体をまんべんなく濡らしていく。

舐めるのなんて初めてだ。

だけど、男の感じる部分はたぶん共通しているはずだった。

「……っふ……」

先端を集中的に舐めるたびに、硬くなった荒屋敷のものがさらに成長していくのを感じた。

まだ刺激が足りないような気がして、今度は思いきって口を開けて飲みこんでいく。

「ん……ぐ……っ！」

のどの奥まで、つかえた。全部飲みこむことなんてできない。

目を閉じると、荒屋敷の視線を顔面に感じた。

「そう。……上手だね。いい顔してる」

ほめられるのが、ちょっと嬉しい。

口いっぱいに頬張《ほおば》っている顔は、どんなふうなんだろう。

恥ずかしかった。

だけど、荒屋敷を感じさせてみたい。

荒屋敷の感じる顔を見る計画だったのに、なんだか恥ずかしくて視線を上げられなかった。

たぶん、この顔を見られてるせいだ。

「……っふ……」

のどがオエッとなるまで、必死になって飲みこむ。それでも根元までは頬張れなくて、指先を添えてみる。

「ん、ん、……ん……っ」

吸いこみながら、顔を上下させてみる。

苦しくなったときには、舌先でぺろぺろと先端も舐めてみた。

なんだか、自分にこんな積極的なことができるなんて、知らなかった。

「……っふ……」

荒屋敷の指が、頬に触れる。

ぐっとのどを固定されて、少し苦しい。

前髪をかきあげられ、顔を見つめられた。

「出すよ」

——よし……！

今が、荒屋敷の顔を見るチャンスだ。

だけど、視線がどうしても上げられない。

荒屋敷のに、吸いついているばかりだった。

うまく絶頂に至れるように、吸引力を強めてみる。

さらに顔を激しく上下させた。

「ん、ん、ん……っ」

荒屋敷の腰も、動いている。
のどを突かれて、苦しい。
だけどその吐きそうな苦しさが、今は逆に気持ちよいとも言えなくなかった。
荒屋敷に翻弄されるまま、リズムに合わせて顔を上下させてみる。
荒屋敷の腕が、ぐっと顔を固定した。
「――っ……っ」
押し殺したうめき声とともに、びく、と荒屋敷の身体から、痙攣が伝わってきた。
ちゅう、と吸ってみると、口の中に広がっていく味がある。
よくわからないうちに、のどが動いて、ねばつくものを飲み干していた。
「飲ん……だの……？」
普段より、少しかすれた荒屋敷の声だった。
香椎は顔を離して、はぁはぁと息を整える。
ようやく荒屋敷の顔を見上げてみると、絶頂後のけだるげな顔の荒屋敷がいた。
なんだか、ドキリとする。
憎たらしい変なことばかり言うくせに、やけに格好いい。
「っていうか……っ！　好きで飲んだんじゃなくて、しょうがなくっていうか……っ」

香椎はしどろもどろで言い訳をした。

のどの奥に、まだ荒屋敷のがねばついている。

身体がまたカーッと熱くなってきた。

いかされるんじゃなくて、荒屋敷をいかすことができたら、恥ずかしくなくなると思ったのに、そんなことはないみたいだ。

――負けてる感じ……。

香椎はしょぼんとうなだれた。

荒屋敷は汗ばんだ髪をかきあげ、香椎の横のベッドに腰を下ろしてくる。

「……っ」

指先で、頬をなでられた。

不意に抱き寄せられ、唇を奪われる。

「あ……つぅ……」

荒屋敷の唇は、優しかった。

もっと強引かと思ったのに、柔らかく舌がからみついてくる。

唇を割られ、軽く舌をむさぼられ、ほんの少し物足りなく思えるぐらいの愛撫で、唇を離される。

「上手にできたね」

「……っ！」

反射的に何か言い返そうとしたが、何も浮かばなかった。

――だから、真っ赤になって口ごもるな、俺……！

香椎は、ぎゅっと手のひらをにぎりしめる。

荒屋敷にほめられるのは、恥ずかしいけれども嬉しかった。

知らないことばかりを教えられている。

「う……うまかっただろ！」

ようやく言えたのは、ガキみたいな一言だった。

荒屋敷が、首をかしげて優雅に笑った。

その表情に視線を奪われる。

「ああ。とっても上手だったよ。吸いつくときの顔が絶妙。……しかし、あまり歯は立てないほうがいいね」

「……っ立ててな……」

「――じゃあ、次は来週。また、金曜日の午後四時にここで。男の約束だ、いいね」

まだ頭がぼんやりしていた。

強く言われて、ついうっかりとうなずいてしまったのだった。

――うーん。

香椎は、頬杖をついて難しい顔をした。

――なんだか、毎日、落ち着かないよなー。

いつでも、身体がむずむずするようだった。

身体が変わっていくような気がする。

荒屋敷が触れたところが、ずっとジンジンとうずいているのだ。

――蚊にさされてるんでもないし、なんでもないのに、やっぱすごくさかるというか……。

同級生より、たぶん発育は遅れているはずだ。

だけど、毎日むずむずジンジンとする。荒屋敷に性器をしごかれたり、乳首をいじられたり、抱きしめられたときのことを何度も思い出してしまう。

――これが、身体が離れられないってやつ？

昼メロで、不倫奥様が言うセリフそのものだった。

荒屋敷が好きなわけでは、決してないと思う。

憧れてたし、今でもやっぱり顔とか姿にはうっとりとしてしまうけれども、何せヤツは敵なのだ。

——敵っていうか……。でも、やっぱり敵だよな。

からかっているような荒屋敷の顔が浮かぶ。

仕事だ任務だと言うけれども、荒屋敷の本心が気になってたまらなかった。

荒屋敷はいったいどんなつもりなのか、知りたい。

——今までは、男同士とか、信じられないって思ってたけどさ……。

今なら、少しだけ理解できるような気がする。

荒屋敷は特別だった。

特別に上手なのだ。

——だから、身体がちょっととりこになってるだけっていうか。呼び出しだって、脅迫されてんだし。

次の呼び出しに行くかどうか、本気で悩んでいる。

——行かないと、図書館のデメキンの命が危ないし。鞭打ちだし。……でもなー。

行くとまたすごいことをさせられるのだ。

思い出しただけで、全身が熱くなる。またあんなのはゴメンだ。

だけど、もう一度味わってみたいような気分もあるのだ。

——どうしよう……。

悩みながら、香椎はお弁当をつつく。

購買のパンを入手し終えた青木が戻ってきた。

ぼんやりしている香椎をじろじろ眺め回して、向かいに乱暴に腰を下ろした。

「ゆずちゃんさー」

ブリックパックにストローを突き刺しながら、青木は内緒話のように顔を寄せた。

「——恋をしてるわけ？　最近、すげえ色っぽくなったっていうわさだけど。……つうか、うわさだけじゃなくて、俺の目から見ても、そんな気がするんだけど」

「へ？」

ずばりつっこまれて、ドキリとした。

そんなに、わかりやすい態度をしているのだろうか。

動揺したあげくに、思わずウインナーをのどに詰まらせてしまった。

ごほごほと咳きこんでいると、青木がニヤニヤと笑う。

「図星かな？」

「どこがだよ！　俺は全然、前とちっとも、かけらもみじんも変わってないだろ！」

「ウソつけよ。おまえさ、バレないと思ってんの？　だって、お肌つやつやだし、けっこういつでもぼーっと赤らんでて、瞳なんか潤んじゃったりしてるし」

「ふざけんなバカ！」

香椎は青木のブリックパックを強奪して、ひっかかっていたウインナーを飲み下した。

机の下でも、蹴飛ばしておく。

「で？　うわさってさ、誰が相手ってことになってるわけ？」

その話題には触れたくなかったが、そこが気になって聞き返した。

荒屋敷とのことは、二人きりの秘密のはずだ。

でも、どこかからもれていないかと気になる。壁に耳あり障子に目ありだ。

保健室の中でのことや、荒屋敷が懲罰委員であることなど、誰かに知られてはいないだろうか。

「それが、もっぱらの問題なんだよなー。今、全組織で総力をあげて突き止めようとしているところ。俺が、その尖兵《せんぺい》」

「何が全組織だよ……」

あきれて、香椎はブリックパックをチュウと吸いこむ。アップル味だ。

このまま青木がふざけつづけるつもりなら、全部飲んでやる決意だった。

「……相手にはさ、俺っていううわさもあるみたいだぜ？」

「それはないない、絶対に」

即答すると、秀才ふうの青木は唇を尖らせた。

「それはなんとなく、さびしかったりして」

ちぇっ、なんてふくれながら、パンの袋を破っている。

香椎はさらにアップルジュースを吸いこんだ。

「ほかに誰がいるわけ？　お相手とやらには」

「ええとね、うちのクラスの委員長だろ。あと、生物の渡辺《わたなべ》センセとか、……図書委員長の糸杉《いとすぎ》先輩とか、何人かの仲よさげな図書委員会のメンバー。あと、俺含めダチ数名。一年の和田《わだ》ほか、親衛隊のメンバーも混じってたような気がする」

「ふーん」

名を上げられると、少しは納得するような部分もある。

だいたい、香椎と仲がよかったり、よく顔をつき合わせている相手ばかりだ。

「けど、生物の渡辺センセってなんだよ？」

「うーん。俺もなんで混じってるのかよくわかんないんだけどさ。若くて、けっこう顔いいじゃん。お相手としてお似合い、とかいうんじゃないの？」

「勝手な組み合わせを、よく考えるよな」

首をかしげながら、香椎は青木にブリックパックを返した。

「俺もそう思う」

青木は、パンにかぶりつく。

お弁当を口に運びながらも、香椎は荒屋敷の名がないことに内心ほっとしていた。

──つりあわないと考えられているだけだったりして。

校内の憧れである荒屋敷は、下手なうわさ話の対象にもひっぱりだせない風格があるのかもしれない。

──ちょっとぐらい、うわさしてほしい気も……しちゃったりして。

「けど、恋をしているっていうのは、やっぱ本当なんだろ？」

にこやかながらも、青木の切りこみは鋭い。

答えるのが、一瞬遅れた。

「そんなことあるはずないだろ」

「校内の相手じゃないわけ？　女とか。おまえ、ホモ嫌いだって公言してたもんな」

「……してたけどさ」

人生、どこで何が起こるかわからない。

「修行」のあとは「懲罰委員の手伝い」をやらされるようだが、いつその段階に入れるのかもわからないぐらいなのだ。

——やっぱ、逃げようかな。

ため息をつくと、青木があやしむように眉を寄せた。

しかし、香椎はその間に荒屋敷のとっておきの秘密を入手した。

図書当番で遅くなった帰り道、校内で荒屋敷を見かけたのだ。

薄闇の中でも目を惹く整った容姿に見とれ、ついつい荒屋敷がどこへ向かおうとしているのか、気になった。

そっとあとをつけると、荒屋敷は校舎の端のほったて小屋に入っていく。

——こんなところで何を……？

用務員が使っている掃除道具などが入っているところだった。

なかなか荒屋敷は出てこない。

どこかにつながっている通路なのかと、あきらめかけて木の陰から立ち去ろうとしたときだった。

小屋のドアが開いた。

出てきたのは、掃除用のつなぎとヘルメットと、顔のほとんどを隠すマスクをした長身の男だった。

——まままま、まさか……？

香椎はぎょっとした。

あれは、荒屋敷の変装なのだろうか。

香椎は目をひん剥いたまま、あやしい風体の男をなおも尾行した。

——懲罰委員だって言ってたし、何か任務でも。

そう思ったからだ。

しかし、荒屋敷と思《おぼ》しき男はたまった落ち葉を掃いたのちに、いきなり校舎によじ登り始めた。雨どいや屋根の端など、普通の掃除ではやりにくいところを掃除し始めたのだった。

——なんで……？

香椎はぽかんとした。

これは、いったいなんなのだろう。

しかし、だんだんとおかしさがこみあげてくる。

──あんなに格好いいのに……。

どうして掃除をしているのかよくわからないが、笑いはとまらない。

荒屋敷のことが身近に思えてきたのは、このときからかもしれない。


また金曜日がきた。

放課後が近づくとともに、香椎は落ち着かなくなる。しかし、今度も逃げ出すことはできなかった。

カバンを持って教室から出た途端、荒屋敷が廊下に待ち構えていたのだ。

「──あのさ……」

香椎はため息をついた。

逃げ出そうと思っていたが、こんなふうに出られると、逆に肝《きも》が据わる。

とことんまでつきあってやろうという気分になっていた。

「逃げると思ってたわけ？」

「いや。お迎えにきただけ」

人目につくのを嫌っているのか、荒屋敷はさっさと歩き出す。

「……さぁ。行くよ」

立ちすくんでいる香椎を振り返って、あでやかに笑った。黒髪と深みのあるまなざしには、どうしても視線がひきつけられてしまう。

——変装して掃除してたり、中身はこんなにわけわかんないのに……。

蜘蛛《くも》の巣《す》にかかった虫ががんじがらめにされていくように、荒屋敷にからめ取られていくようだった。

最初は、憧れだけだった。

なのに、あんなことされていると、普通じゃいられなくなる。荒屋敷の「特別」な存在なんじゃないかと、誤解してしまいそうになるのだ。

——誤解……なのかな？

任務だって言われているけど、本当にそれだけなんだろうか。

その答えを知りたくて、たまらなかった。

「さぁ」

二号室の前で、荒屋敷が足をとめた。

「中へ入りたまえ」

——だけど、逃げ出したい……よ……っ！

これからのことを思うと、足がすくむ。

ぎゅっと香椎はこぶしをにぎりしめた。

「さぁ」

立ちすくんだ香椎の肩を、荒屋敷が抱きすくめるようにして中に導いた。


「……っふ」

香椎は乱れた息を吐き出した。

手首を包帯でヘッドボードに縛りつけられ、今日は足も同じ位置に縛りつけられている。

だんだんとハードなことをされていた。

身体をくの字に折り曲げて、全裸の足の狭間を余すことなく荒屋敷に見られているのだ。

——なんていうか……もう、恥ずかしくて死ぬ……！

また今日も、わけわからないうちに「訓練」に持ちこまれてしまったのだ。

——でも、逃げない俺がいけないのかも。

まるで、よろめきドラマの愛欲の奴隷《どれい》だ。

——ああ、ダメっ、やめてくださいって言いながら、全然抵抗されずに押し倒される人妻とか……？

考えれば考えるほど、自分にあてはまるような気がした。

足で顔を隠せたら、まだ恥ずかしさも消える気がした。だけど、膝のあたりを顔の幅に開かれていた。

これでは、荒屋敷の顔も見えるし、自分の顔も全部見られてしまう。

体勢のせいで、呼吸が苦しかった。

それに何より、格好が恥ずかしい。

「…あ、……っはぁ……っ」

「もう勃ってるんだ。早いね」

容赦のない指摘のとおり、開いた足の間でペニスが勃ちあがり始めていた。

だけど、荒屋敷はそこに触れてはくれない。

ひっそりと息づいているつぼみに、とろとろと何かを垂らしていく。

「……な……に……っ？」

思わぬところに感じた冷たさに、ぞくっと背筋が震えた。

異様な感覚だ。

ねばつく液体は、つぼみから双丘の間を伝って、シーツを濡らす。

「オイル。痛いよりも、気持ちいいほうが好きなんだろ？」

足の間で、荒屋敷が笑う。

さすがにつぼみのあたりまでは見えない。そこがどうなっているのか、自分ではよくわからなかった。

だけど、垂らされた感覚につぼみがひくつきだすのがわかる。

襞のひとつひとつにオイルがたまり、生理的な不快感を覚えてうごめいてしまうのだ。

――なんで、そんなとこ……！

乳首でいかされるよりも、ペニスでいかされるよりも、そこをいじられるのが一番恥ずかしい。

香椎は、耳まで真っ赤になった。

「ここで、何をするのか知ってる？」

荒屋敷の指が、つぼみの縁をなでた。

爪の先まで形のいいあの指だ。

あんなところを荒屋敷に探られていると思うと、たまらなく身体が熱くなってくる。

「……知ら……な……っ」

羞恥心には、果てがないようだ。

愛欲の奴隷だとか、よろめきドラマとかを考えていた自分が遠く思えてくる。

気持ち悪くてたまらないのに、それでも身体はひどいことを望んででもいるように、熱くなっていくのだ。

「本当に、知らないんだ?」

荒屋敷の指が、つぼみを開くように縁の左右をひっぱった。

ぞく、と背筋が震える。

中の桜色の粘膜を、のぞかれているような痺れがあった。

「……知ら……な……っ」

好奇心いっぱいの年頃だから、本当はちょっとだけ知っていた。

だけど、こんなところに何かが入るなんて、信じられない。

あれは、女性限定とか、何か特殊な場合の話なのではないだろうか。

そう思いつつも、身体の奥のほうが、何かを期待するようにうずき始めていた。

「じゃあ、教えてあげなくてはね」

荒屋敷の指が、ゆっくりと中まで入ってくる。

「――っ……!」

異様な感覚に、香椎は全身を硬直させた。

指の先から第一関節がもぐりこんでくる。第二関節まで入ったところで、指先がくの字に曲げられた。

く、とそこに力が入る。

オイルですべるけれども、荒屋敷の爪の形までわかるぐらい締めつけてしまうのがわかった。

「や……やだやだ、そんなのやめろ……！」

香椎は必死になって暴れようとする。今になってなぜ荒屋敷がこんなに厳重に縛りつけたのかが、わかるような気がした。

手足を頭上に固定されては、腰を揺するぐらいしかできない。それも、範囲が限られた上に、動くたびに指の存在を思い知ることになるのだ。

「……っやだってば……！」

こんなの、知らない。

異様な感覚に、じわりと涙が浮かんだ。

「狭いね」

荒屋敷の指が、中を無遠慮にかき回す。

「――ふ……っ」

それだけで、腹腔《ふくこう》の底に重苦しいような刺激が走った。

「ここをいっぱいに広げて、もっと大きいものが入るようにするんだ。何が最終的に入るようになるのか、わかる？」

「わかんな……っ」

「ウブぶるなよ」

鼻で笑われて、香椎の目にはもっと涙が浮かんだ。

――ひど……っ！

本当は知らないわけじゃないけど、でもこんな格好で指を入れられている気分ってのもわかってほしい。

ひどく心細い感じだった。

荒屋敷の指が、中からゆっくりと抜かれていく。

圧迫感が消えてホッとしたけれども、名残惜《なごりお》しいような感覚も少しだけある。

思わず締めつけると、指先を残したところでまた指は深くまで戻ってきた。

「抜けないよ？」

からかうように言われる。

身体がまた、かぁっと芯のほうから熱くなった。

「……あっ……」

指一本だけで、すごい存在感がある。

空っぽな肉襞《にくひだ》を指先でかきわけられるときの刺激は、腿の内側から爪先までをしびれさせるようだ。

指だけでこうなのだから、これ以上何かを受け入れられるなんて思えなかった。

「……だから……もう……やめろ……ってば……っ」

しゃべるだけで、指を入れられているところまで響く気がした。

——本当は、アレ入れられるような……。

そんな不安があった。

——だけど、絶対無理なんだから……っ！

口でも含みきれないあの大きさを入れられたら、絶対に壊れてしまう。普通じゃいられ
なくなる。

だけど、不吉な不安に、ひくひくと中がうごめいた。

「ちゃんと学習してもらわなくてはね。予習も復習もちゃんと。——何入れられるのか、
本当にわからない？」

腿の裏側から膝裏を手のひらでなぞられて、腹部への圧迫感が増す。

腹の中の指にまでその圧迫は伝わり、またさらにいっぱいにされている感じがした。

「わか……ら……っ」

涙があふれ出して頬を伝う。

それが悔しかった。こんなところをいじめられて、荒屋敷に泣き顔を見られているなんて、プライドが許さない。

「じゃあ、今日はわかるまでレッスンしなくてはいけないね」

猫なで声で言って、荒屋敷が指を一度抜き取った。

「あっ……！　もう、やだって……っ！」

オイルをさらに垂らされ、今度は指を二本入れられる。

一本だけでも苦しかったのに、二本だと縁がひきつれるような感覚があった。

くちゅくちゅと、濡れた音がする。

どこから漏れ聞こえる音なのか、想像しただけで爪先が丸まった。

きゅっと閉じて音を漏らさないようにしたいのに、意識するとよけいに音は大きくなるみたいだ。

「……っあ、ふ……」

最初のたまらない違和感は、少しずつ薄れつつあった。

奇妙なところをかき回される異物感にも慣れ、代わりに重苦しいような痺れが湧き出す。

指を動かされるたびに、膝が震えた。

縁のきつさが緩んで、しっとりと粘膜がからみついているような柔らかさが出てきているのは、気のせいなのだろうか。

――いや、なんか……。

たぶん、気のせいじゃない。

抜き差しされ、ぐりぐりと中をかき混ぜられる。

荒屋敷のそんな指の動きも、だんだんとスムーズに激しくなっているようだ。

声が変わったのは、二本の指の変わりにもっと大きなものが入ってきたからだった。

大きく縁を開かれ、圧倒的な強さでリズミカルに中を拓《ひら》かれる。

「……ん、……は、あ、あ……っ」

器用に動くそれは、荒屋敷の親指らしい。指の付け根まで中に突っこまれて、その大きさに壊れそうな感じもある。

だけど、いじめられている粘膜は、しびれるような快感を伝えてきた。

狙いすましたように指を動かされると、反射的にびくっと中が締まる。敏感な粘膜をひっかかれるたびに、じっとしてはいられなかった。

「締めつけて」

指を動かしながら、荒屋敷が命じた。

言われるがままに、反射的に下腹に力を入れる。

中にある指の形がリアルに伝わり、身体の奥がしびれた。

「つあ……」

締めつけを確認するように、荒屋敷が中の指をひっぱる。中を刺激されるたびに反射的に締めつけるが、ずっと力を入れ続けることができなかった。

ざわざわと身体の芯まで刺激が伝わって、しびれるように力が抜けてしまうのだ。

「すごいね」

円を描くように指を回しながら、荒屋敷がささやく。

「すごく狭いくせに、もう柔らかくなってる。感じると、とろとろに溶けるんだ、柚実のココ」

「そんなの……言う……なよ……っぉ……」

ぐちゅぐちゅという濡れた音が、さっきより激しくなっていた。

大きく開いて固定されている足の付け根が痛い。

股関節がギシギシときしんで、鈍痛があった。

なのに、指を突っこまれている内壁は、やけに生々しく肉のうずきを伝えてくる。

「ほら。……力入れて」

荒屋敷は、冷静に命じてくる。

従わないといつまでも許されない気がして、香椎は懸命に力をこめた。

――もう……やだ……っ。

泣き出しそうな切迫感が、下腹のあたりにあった。

「今度は、抜いてみて」

言葉に合わせて、力をこめたり抜いたりを繰り返す。太い親指を入れられるときに力を入れさせられるときもあったし、抜くときに締めつけるように言われて、すごい摩擦にうめくこともある。

荒屋敷の言葉に従おうとすると、いやおうなしにすごく感じさせられる。

つぼみが、性器に作りかえさせられているようだった。

乳首やペニスほど直接的に快感を覚えることができないくせに、身体の奥深いところで何かが目覚め始めている。

「……っは……ん……」

体内に埋めこまれている神経を、荒屋敷の器用な指先がかき立てる。重苦しいような、痛みにも似た感覚だった。

なのに、ペニスがまた勃ち始めている。

中で指をうごめかされるたびに、硬く立ち上がったペニスの先端から透明な蜜がにじみだすのがわかった。

「もっと、力入れて」

下腹はもうだるかった。

なのに、荒屋敷の声は無情にも命じつづける。

「ん、……は……っ」

頭の芯がしびれていた。

ただ、荒屋敷の声に従うしかなかった。

「ほら。どんどん、中が柔らかくなってる。わかる?」

荒屋敷のささやきは、毒を含んでいるように甘く響く。

縁を指がえぐり、痺れに下腹が麻痺している。

中だけじゃなくて、袋の根元あたりも爪の先でなぞられた。

「――っひ……っ!」

悲鳴を上げそうな快感に、香椎は気を失いそうになった。そんな肩を抱き寄せ、荒屋敷が耳朶を軽くかんだ。

「……柚実のココで、ぼくを喜ばせてよ」

声がささやかれる。

その言葉の意味を、ぼんやりと考えた。

体内に入っている指が、荒屋敷の性器になるかもしれないと想像した途端、背筋が震えた。

香椎の中で、何かが爆発する。

「——あ、あぁぁ……！」

目の前が真っ白になった。

しまった、と思ったときには、もう吹き出すものをとめることなんてできない。

「……っん、んんん……っひ——っ！」

腹筋に強く力が入り、腿がビクビクと震えた。

ひくつくたびに親指を中できゅうきゅうと締めつけて、絶頂まで昇りつめていた。

瞬きしても、世界がゆがむ。

まつげが濡れてるせいだとわかったのは、しばらくたってからだった。
「……っふ……」
香椎は、荒い息を整える。
身体がだるくて、つらかった。もうこのまま寝てしまいたいほどだ。
――たぶん、今日はここまでだよな……。
早く手足を縛っている包帯をほどいてもらいたい。
なのに、荒屋敷は香椎の身体を縛っている包帯をほどいてくれる気配を見せなかった。
「もっと、我慢することも覚えなくちゃね」
なんて、無理なことまで言われてしまう。
――バカバカバカ！　ヘンタイ！　そんなの、できるもんならとっくに……！
声に出して言い返すほどの元気はなくて、香椎はきっと荒屋敷をにらみつけた。
涙目だから、迫力はなかったかもしれない。
相変わらずの余裕のある表情のまま、荒屋敷は香椎の足の間に移動した。
出したばかりの精液を、指先でなぞっていく。
「……ぁ……」
下腹がべっとりと濡れていた。

胸のほうまで飛んだ雫《しずく》を乳首に塗りつけられて、また身体があやしく騒ぎ出す。

「やだよ……っもう……」

うめくように、香椎は言った。

さらけ出した足の間で、つぼみが震えつづけている。

生き物みたいに、ひくりひくりと開いたり、閉じたりしていた。

指で狭い道を開かれたときの感覚が、まだリアルに残っていた。

指の弾力を思い出して、絶頂の余韻に細かく痙攣しながらも、奥からぎゅうぎゅうとしぼりあげてしまうのだ。

「ここはやだって言ってないみたいだけど？」

荒屋敷に指摘されてしまう身体の反応がにくい。

「……っあ」

さらに乳首をいじられて、連動するように中が閉じていた。

つぼみからは、濡れた音まで漏れてきそうだ。

力を抜くと中の紅まで見えてしまいそうで、どうしても力がこもる。そのくせ、閉じつづけることもできなかった。

そんなつぼみが、物欲しげにみだらに思われないだろうか、気になった。

「ほら。ココもまだ、レッスンを続けたいって言ってる」

荒屋敷の指先が、震えるつぼみの縁をなでた。

「ちが……っ」

それだけで、ぞくっと痺れが走る。

縁に軽く指をあてられると、中へと引きこむようにひくつき始めた。

そこでの快感を知ったのは、今日が初めてだ。

なのに、覚えたての身体はさらに強い刺激を求めて、暴走し始めていた。

——もう……俺の身体のバカ……。

若さと、青さがにくい。

荒屋敷からあたえられる絶頂は深くて、一回だけでもくたくたになっていた。なのに、敏感なところをいじられると感じ始めてしまうのだ。

「やだ……ってば！　もう、……苦しいんだから……っ」

香椎は涙をにじませながら、浅い呼吸を繰り返す。

快感を覚えるところより、痛みすら感じられるところがあった。

折り曲げられた身体がギシギシときしんでいた。

不自然な形に力がこもり、ふくらはぎや腿やわき腹がつりそうな鈍痛がある。

「……っくるし……ーよ……。足とか……手とか……ぁ…」

「苦しがってる姿も、なかなか可愛いけど」

泣き出しそうな顔で見つめると、荒屋敷が微笑んだ。

「レッスンを続けるつもりなら、ほどいてあげるよ」

完璧な美貌を見せつけながら、荒屋敷が香椎を見下ろす。

——レッスン続けるなら……って、もっとされちゃうってことだよな?

ぼうっとした頭で、そこまでなんとか考えられた。

こんなときには、有無を言わせず命令してくれたほうがいい。自分の意思で選び取ったようにされると、だんだん、逃げ場がなくなっていく。

——イジワルだ……。

瞬きしたら、涙がじわっとにじんでいた。

「わかったから……ほど……いて……っ」

きっと、ほどいてもらってもほどいてもらわなくっても、荒屋敷のことだから、きっとひどいことをさせられるのだ。

そんな予感がした。

だったら、早いところ楽になったほうがいい。

「じゃあ、今日のレッスンは最後までやるよ。承諾《しょうだく》したものと思っていいね」

荒屋敷は、楽しげに目を細める。見かけだけはこんなに完璧なのに、どうしてこんなにイジワルばかりするのだろうか。

――最後まで……って、やっぱりアレ入れられちゃうってこと？

具体的に言葉に出されて、香椎の心臓がドクドク騒ぎ始めた。

――無理だよ、そんなの……！

そのことを想像すると、不安で気絶しそうだ。

――気絶しちゃえば、そのまま朝……ってことはないだろうな？

きっと、そんなに話はうまくいかないだろう。

香椎は、どちらかというと貧乏くじを引くほうだ。

「はい、と言ったらどうだ？」

笑いに少しだけ勝ち誇ったような響きを含ませて、荒屋敷が言った。

香椎はそっぽを向いて、吐き捨てる。

「わかったよっ！　わかったから……もー！　ほどけ！」

拘束された足をばたつかせた。

「……やれやれ、色気のない。ぼくはもっと、従順なコのほうが好みだな」

「好みじゃなくて、けっこうだ！　好みじゃないなら、こんなことするなよっ！」

なんだか悔しくて、涙がじわっとわいてきた。

「任務だからね」

そんな返答も、小憎らしい。

荒屋敷が頭のほうに移動していく気配があった。

ようやく、拘束していた足をほどかれた。

手首もほどかれ、折り曲げられた身体がまっすぐに伸びる。

「は……っ」

ようやく普通に呼吸ができて、香椎は伸びをした。

だけど足を下ろした拍子に、塗りこまれたオイルがあふれて双丘の間を緩慢に伝っていくのがわかる。

「……ん……っ」

ぞくっと身体が震えた。

ベッドの上に上がってきた荒屋敷に、肩の付け根を抱きあげるように上体を起こされる。

すぐには、力が入らなかった。

正面の荒屋敷にしなだれかかってしまう。拒絶されるかと思ったのに、荒屋敷はそのまま抱きしめてくれた。

「あ……」

上体が密着する。

荒屋敷の腕に包まれている胸の奥で、鼓動がトクントクンと鳴り響いているのがわかった。

――なんか、気持ちいい…かも…。

とまどいながらも、香椎は今の感触を身体に深く覚えこませるために目を閉じた。

しばらくこのままでいてもらいたい。

誰かに抱きしめてもらうことが、こんなにも気持ちいいとは知らなかった。

このままずっと、抱き合ったままでもいい。

「――やろうか」

荒屋敷の低いささやきが、鼓膜をくすぐる。

その声に、ゾクッとする。

荒屋敷の熱に、さらにあおられる。

何をされてもいいような気さえした。

「いい……よっ」

ささやき返すと、荒屋敷がかすかに笑った。

「珍しく素直じゃないか」

校内で見かける彼の近寄りがたい顔ではなく、素の荒屋敷を感じさせる少しだけいたずらっぽい表情をしていた。

こんな荒屋敷の顔を知っている人は、何人いるんだろうか。

ぼんやりと考えた。

照れくさくて、服を脱ぐのを少し手伝った。

荒屋敷の肌が露出していくにつれて、ドキドキが大きくなっていく。

憧れさえ感じさせる身体だった。均整の取れた筋肉質で、腕に触れるとしなやかにはじき返す弾力がある。

「あんなに柔らかかったから、きっとスムーズに入ると思うよ」

香椎の肩をそっとベッドに押し倒しながら、荒屋敷がささやいた。

足を開かれ、かつぎあげられる。いよいよというときになって鼓動がめちゃくちゃ早くなっていた。

——う……。

逃げたいような気分になる。

だけどもう、身体をがっちり固められていた。

香椎は、大きく深呼吸した。

荒屋敷の指が入っていたときのことを思い出す。

——気持ちよくなるのかな、荒屋敷先輩も……っ。

呼吸を乱れさせながら、考える。

荒屋敷にずっと翻弄されているみたいで悔しいけど、ここで形勢逆転ができるかもしれない。

——すごい悦くて、俺の身体のとりこになっちゃったりして。

そんなことまで想像してみる。

あの熱くて硬い感触を内壁で受けとめたら、どんな感じなのかも知りたかった。

「入る……かな……ぁ……っ」

それでも、不安があった。

すがるように、荒屋敷の顔を見つめてみる。

見とれてしまいそうな男前は変わらない。だけど、荒屋敷と知り合う前の冷たすぎる作り物のような顔ではなくて、血の通った表情をしていた。

「入るよ」

気楽に言い放たれる。

香椎の視線に気づくと、荒屋敷は挑みかけるように笑った。まなざしをそらさずに、香椎の腿の内側に口づけてくる。

それは、騎士がお姫様にささげる忠誠のキスにも思えた。

身体の奥がぞくっと震える。なんだか、ドキドキしてきた。

「せんぱ……っ」

香椎は両手をいっぱいに伸ばして、荒屋敷の肩を抱き寄せようとした。指先が、荒屋敷の肩にひっかかる。

「ん？」

身体を寄せてくれたから、ぎゅっとしがみつくことができた。

なんでこんなことをしているのか、よくわからない。

荒屋敷の肩に顔をうずめるようにして、身体の質感を感じる。柔らかく抱きしめられると、少しずつ落ち着いてきた。

「――どうした？　臆したかい」

「びびってなんて……いるかよ……っ」

香椎の腕の力が抜けていくのに合わせて、荒屋敷は身体を起こした。

「やってみようか」

低くささやかれ、あらためて足を開かれる。

膝を抱えこまれて、ぐっとわき腹に押しつけられた。

「……っ」

縁に、またオイルをしたたらされる。

荒屋敷のが押し当てられ、縁に密着した。

奥のほうがうずいている。

指でいじられた部分に、早く次の刺激が欲しくてたまらないほどだった。

「――……」

香椎は、覚悟してぎゅっと目を閉じた。

「あ、あ、……っあ……っ！」

もたらされた感覚は、想像していたよりももっと激しかった。

ぐ、と思いきり開かれる感触に、思わず腰が逃げる。

しかし、肩を抱き寄せられ、さらに深くまで含まされていく。

「……っあ……っ」

肺から息がもれるのと同時に、少しずつ串刺《くしざ》しにされていくのがわかった。

「——あ……ん……っ」

中を押し広げられる感触は、異様なものだった。ものすごい異物感を排除しようと、ヒクヒクと内壁がうごめいていた。

ヘソの下まで、みっしりと埋めつくされているような感覚がある。

両手で、荒屋敷の肩にすがりついた。

腰の後ろを抱き寄せられ、さらに奥まで貫かれる。

「——っあ、あ、あ、……っ！」

絶頂に達したのは、突然だった。

よくわからないうちに身体が硬直して、ブルブルと痙攣してしまう。

「あ、アッア……、あぁ……っ」

もう、自分の身体がどうなっているのかわからない。

下腹が快感でしびれたようになっていた。

中を貫く荒屋敷のものの感触だけがリアルだ。それにからみつく内壁のねじれが、下腹を震わせる。

「ふ……」

荒屋敷が、動き始めた。

まだ絶頂の余韻でしびれつづける内壁を突き上げられ、一突きごとに意識が吹き飛びそうになる。

「あ、あ、あ……」

全身が、揺さぶられている感じがあった。

体内に突きこむきっさきは鋭く、奥まで届く感触がある。熱い大きな楔で中をえぐられると、刺激の強さに反射的に全身が硬直した。

「──ひ──」

どれくらい揺すぶられていたのか、よくわからなかった。

最後に覚えているのは、膝を抱えるぐらい身体が丸まって、昇りつめる瞬間だった。


香椎の、身体のラインはたまらなくみだらだった。

くたっとしている香椎を、荒屋敷はベッドの上で観察する。

細いくせに、しなやかな筋肉で包まれている。手首や関節はほっそりしているのに、柔らかく感じられる部分もあった。

――校内の生徒は、服の上からこれがわかっていたというわけか？

懲罰対象として近づくまでは、荒屋敷は香椎にはあまり興味はなかった。香椎に興味がない、というより、学園の生徒全体に関心が薄かったと言ってもいい。

毎朝の校門の大騒ぎは不快としか思えなかったし、香椎をめぐる騒動のあれこれについて聞き及ぶだけで、それはなんの冗談だ、と笑い飛ばしていた。

しかし、今ようやく、どうして学園の生徒があれだけ香椎に大騒ぎしたのかがわかる。

――ぼくだけが、鈍感だったということか？

そう思わなくていけないのは、心外だった。

気を失ったように弛緩《しかん》した香椎の身体を、荒屋敷は濡れタオルで清めていく。

長いまつげをそっと指先でつついてみると、何度か瞬きをしてから、香椎がハッと目を開けた。

「あっ……」

荒屋敷を見て、あわてて身体を起こそうとする。

「――いいよ、そのままで」

動いた拍子に、少しだけ開いた足の間から、さっき注ぎこんだ白濁《はくだく》が一筋あふれ出したのが見えた。

荒屋敷は香椎の足を片方だけ曲げさせ、その隙間をぬぐってやる。

清めてあげるのは、表面だけだ。

中にはいっぱい注ぎこんだままだから、香椎が下肢に力を入れるたびに濡らしてしまうことになる。

濡れタオルで胸元を無造作に拭くと、香椎が息を呑む気配がした。

荒屋敷の手の動きを少し警戒しながらも、くたっと身体を伸ばす。よっぽど疲れているのだろう。

「あのさー……。いつまでこういうの、続けるつもりなんだよ」

すねたように頬をふくらませながら、香椎が恥ずかしい部分を隠すように寝返りを打った。

「いつまで続けたい？」

逆に荒屋敷は、問い返してみせた。

「え？」

「またやりたい？」

「そそそ……そんなはず！　あるわけないだろ……！」

真っ赤になって答える香椎を見ながら、荒屋敷の腹はもう決まっている。

今日で「仕込み」の任務は終了にすることになっていた。

性技を完璧に仕込むよりも、香椎は素人くさいほうがいい。

抜群に感じやすい身体と、抱かれ慣れていない初心くさい反応で、相手はきっと夢中になるだろう。

——だけど……。

未練がある。

こんなにも自分好みに仕込んだ香椎を、誰の手にも触れさせたくなかった。

——しかし、そんなわけにはいかないだろうな。

荒屋敷は苦笑した。

懲罰委員として香椎に近づいた以上、これ以上好き勝手な行動を取るわけにはいかないのだ。

香椎のあごをつかみ、顔を近づけてささやいてみる。

「今日でレッスンは終わり。——合格だよ」

「マジ？　やったぜ！」

合格の知らせに、香椎は得意そうな顔をした。

「ってことは、もうめろめろってこと？」

ほっそりとした腕を抱きつくように荒屋敷のほうに伸ばし、香椎は笑った。

「何がめろめろなんだい？」

「俺の身体に」

荒屋敷に認められたのが嬉しいのだろう。

そんな無邪気さが可愛くて、荒屋敷は笑った。

「ぼくをめろめろにできるぐらい、君の身体はすごいと思っているんだ？」

「だって、合格って言ったじゃん」

「……感じやすさだけはね」

からかうように言うと、香椎は唇を尖らせた。

「なんだよっ！　ムカつくっ！」

蹴りつけようとしてくる足首をつかみ、荒屋敷は香椎の足を大きく開かせた。

「偉そうなことというのは、自分でちゃんと後始末までできるようになってから言うんだね」

白濁をタオルでなぞると、ビクンと身体をすくめるのがたまらなく可愛い。

「な、……なんだよっ」

思いきり香椎は唇を尖らせた。

その唇にキスしたくなって、たまらなくなった。

そっと顔を寄せ、ふっくらとしたピンク色の唇に触れる寸前で、荒屋敷はふと動きをとめる。

――これはマズイ……。

はっきりとそう思った。

今までのはレッスンだ。なのに、このままだと公私の区別がなくなる。

母校を愛していた。

校内の風紀を乱すものの存在が許せなくて、懲罰委員になった。

なのに、風紀を乱す張本人に自分が誘惑されてどうするのだ。

「――?」

香椎が、すぐそばから不思議そうに荒屋敷を見ていた。キスしてこない荒屋敷に焦れたのか、グッと首の後ろに腕をからめて顔をくっつけてくる。

「……っ……」

唇を押しつけられた。

こんなことまでされては、応えないわけにはいかない。

軽く唇を押しつけるだけの軽いキスのお返しに、荒屋敷のほうからすごいキスを仕掛けてみる。

「――っん……っ」

舌をからめ、吐息まで吸いつくす。

逃げようとする舌を追いかけ、柔らかな口腔内をすみずみまで蹂躙《じゅうりん》していく。

――潮時だな……。

苦しげに息をつぐ香椎の肩を押さえつけながら、荒屋敷は思った。

これ以上、関わるわけにはいかない。

そうでないと、ミイラ取りがミイラになってしまいそうだった。

キスを終えたあと、香椎は制服を着ながら荒屋敷をチラチラと眺めていた。

肌が隠れていくのに合わせて、荒屋敷の持つ雰囲気は端整《たんせい》な、崩れのないものに変わっていく。

出会ったころの荒屋敷に似ている。

遠くから見て、憧れるだけだった荒屋敷に。

顔立ちがなまじ整っているから、無表情の荒屋敷は怖いほどに冷ややかに感じられるのだ。

——けど、キスまでしちゃったし。

えへへ、と笑み崩れてしまいそうなほど、浮かれている。

今日は、すごいことをしてしまった。

荒屋敷に抱かれるのは今でも恥ずかしくてならないけれども、同時に心地よさも感じていた。

——だって、すごい気持ちいいし……。

荒屋敷が相手なら、このままずっとこういうのが続いてもいいな、と思うほどだ。

——やっぱ、肌を合わすと情が移るってやつ？

キスのことを思い出すと、やっぱりくすぐったくなってしまう。自分からキスするなんて、初めてだ。

すごくドキドキしたけど、思いきってキスしてよかった。

——俺のこと、どう思ってるのかな？

香椎は、チラチラと荒屋敷を眺めた。

エッチまでするぐらいだから、少しは気に入ってくれているに違いない。少しどころじゃなくて、実はけっこう、かもしれない。

——実は俺も……なんちゃって。おつきあいしてくれ、なんて言われたらどうしようかな？　やっぱ、男同士はいけないいんじゃん？　なんて、あんなことまでしていまさらだし。

照れまくる。

考えているだけで、顔が真っ赤になってきた。

しかし、浮かれてたのはそこまでだった。

保健室の机についた荒屋敷は、ぐずぐずしている香椎に椅子を回した。

「そこに座って」

最初に説明を受けたときのような、医者と患者の位置関係だ。

「任務を説明するから」

声の調子が、冷ややかなものになっていた。

鋼《はがね》のような強靭と無機質さがある懲罰委員としての声だ。

——え？

それを感じ取って、香椎はビクッとした。

少し警戒しながら、椅子に座る。なんとなく背を伸ばしてしまうようなムードが、荒屋敷にはあった。

——なんだよっ……！

「合格」と言われてキスされたときの、甘ったるい感情がまだ消えていない。

そんなに急に切り替えられないのだ。

しかし、荒屋敷の持つ雰囲気はあくまで冷ややかだった。冷気さえ感じられるほど、崩れがない。

「――ターゲットは、生物の渡辺先生」

長い足を組み、手には細い教鞭をちらつかせつつ、荒屋敷は切り出した。

「二年も教えているから、いまさら説明はいらないだろ。渡辺が、学内の男子生徒と関係を結んでいるという話がある。それが本当かどうか、懲罰委員手伝いとして、検証するように」

渡辺は、白衣の似合う広い肩幅を持つ若い教師だった。頭の固い年寄り教師に比べると当然話も通じるし、バスケ部の顧問《こもん》もしていて、そこそこ人気がある。

板書が大好きで、授業中はノートが大変だけれども、テスト前にノートを見ると、要点がうまく盛りこまれているのだ。

この学校にくる前は、企業の研究室にいたという。たぶん、頭はかなりいいんだろうな、と思わせる雰囲気があった。

「検証って何……？」

指示の内容がよくわからず、香椎は目をぱちくりさせた。

荒屋敷の態度の急変にとまどいながらも、チャンスだと思った。

――ここで手下としてがんばったらさー。

ごくっと息を呑む。

――もしかしたら懲罰委員の補欠として、バッジもらえたりして。そしたら、今後も荒屋敷と一緒にいられるじゃん？

何度も言われているのに、捜査というとどうしてもバッジと結びつけてしまう。

――相棒とかになっちゃったりして。けっこういいかも。そういうの。

浮かれながら、尋ねてみた。

「具体的に、どうすんの……？」

「今まで、レッスンしただろ」

こともなげに、荒屋敷は言った。

「放課後や授業のあと、ノートでも持ってまめに生物室を訪ねること。質問内容は、たわいのないことでいい。要は、まじめな質問をするためにきてるんじゃなくて、渡辺本人に興味があるんだと思わせるのが肝要だ」

「うんうん」

「そこそこいいムードになったら、君のほうから誘ってみたまえ。思わせぶりな目をして、センセのことがもっと知りたいとか、放課後、特別に時間は取れないかとか」

「…え？　…それって……」

香椎は、一瞬考えこんだ。

——誘惑する、ってこと？

なんだか、いやな予感がした。

背筋のあたりが、ぞわぞわと鳥肌立ってきている。

「渡辺と関係がある、と思われる生徒の名が、何人かあがっているんだ。しかし、彼らに直接尋ねてみても、かたくなに口をふさいでいる。どこか、おびえているような雰囲気すらある。もしかしたら、渡辺に脅されているのかもしれない。……できれば、そこまで探ってみてほしい」

「……それって、それって、どうやんの？」

香椎の声から、勢いがなくなってきていた。

かすかに震えている。

——まさか……。

いやな予感がある。

セクハラ教師という噂が校内にあるが、それが本当かどうか確かめるためにおとりになれ。そう言われていた。

そのためのレッスンだと、エッチされまくってきたのだ。

――だけど……だけど、それはさ。

相手が荒屋敷だったからだ。

荒屋敷になら、キスされてもそれ以上されてもいい。

たまらなく恥ずかしいけど、嫌悪感はなかった。

――だけど……！

ほかの人にまで抱かれろなんて、ひどすぎる。

――そんなわけないよな……。だって……！　そんな……っ。

目を大きく見開いたまま、香椎は身体をこわばらせた。

気に入られていると思っていた。

全部、自分の独り相撲《ずもう》だったのだろうか。

「どこかに呼び出されるか、誘い出すのに成功したときには、こちらに連絡するように。

連絡手段は、あとで伝える。……最初のときには、ぼくが知られないようにようすを探る。

君を抱くときの態度で、余罪があるかどうか、判断するから」

「……っ」

いくらすがるように見てみても、荒屋敷の冷ややかな顔は変わらなかった。

香椎は唇をかむ。

——やっぱ、そうなんだ……。

顔から、一気に血の気が抜けていくのがわかった。

最初から、荒屋敷は任務だと言ってた。

だけど、いつの間にかうぬぼれていたらしい。

——ひどいよ……。

思いきりなじってやろうと思うのに、言葉が出てこない。

自分が、こんなにもショックを受けているというのが、さらにショックだった。

荒屋敷にその状態を気づかれるのが悔しくて、香椎は必死になって声を押し出した。

「……抱かれる……の？　最後まで」

声はひどく震えていた。

だけど、それだけは聞いておかないといけない。

まだ、一抹の望みが捨てきれない。

おとりになるだけで、途中で荒屋敷が助けに入ってくれる、ということではないのだろうか。

――だって……、だってそんな……。

そこまでしなくちゃいけないとは、思えない。

身体に触れてきたときの、荒屋敷の優しい指先や、口づけを思い出す。

からかうようなまなざしの中に、愛情のようなものが感じられたのは、ただの錯覚《さっかく》だったのだろうか。あれは全部、香椎を仕込むための演技なのか。

「――当然だろ」

荒屋敷は言った。

悠然と足を組み、顔色も変えずに言い捨てる。

「そうでなければ、あんな訓練をした意味がない。そこんところ、理解できるだろ、柚実にでも」

「……っ」

香椎はさらに唇をかみしめる。

涙腺がじわっと熱くなった。

だけど、泣くのだけはダメだ。

せめてものプライドがある。

香椎は必死になって、平静を装《よそお》おうとした。

何度か深呼吸すると、腹の底が怒りで熱くなってきた。

――やってやるよ！

やけくそで、そう思う。

――誰でも、たぶらかしてやる！　そのときになっても、遅いんだからな！

香椎はきつく荒屋敷をにらみつけた。

「わか――ったよ……っ」

「たらしこんで、枕話《まくらばなし》にでもほかの生徒のことを聞きこんでみな。柚実になら、そこまでできるはずだから」

「……っ」

荒屋敷の言葉は残酷《ざんこく》だ。

名前など、呼ばれたくなかった。

呼びかけられただけで、抱かれていたときの甘い気分を思い出す。怒りが悲しみへと変化しそうになってしまう。

「つまりそれって、一回だけじゃなくて、何回も、……ってことだよな？」

尋ねる声は、自分のものとは思えないぐらい震えていた。

こんなんじゃ、荒屋敷に気づかれてしまいそうだ。

目の奥がツンと痛くなって、泣かないように瞳に力を入れた。

「もちろん、何度でも」

荒屋敷は、切れ長の瞳を少し細め、笑みを浮かべた。

イジワルっぽい顔は、今でも見とれてしまうぐらい格好がいいと思う。

だけど、今はつらくてつらくて、香椎は顔をそむけた。

なのに、荒屋敷が指を伸ばして、香椎のあごをつかむ。

「どうした？　すねてるのか？」

検分するようにのぞきこまれる。

「すねてなんか、いるかよ……っ！」

香椎は、奥歯をかみしめて、荒屋敷をにらんだ。

「――じゃあ、がんばっておいで」

甘い声で命じられる。

口づけされそうなのを察して、香椎は荒屋敷の腕から逃れようとした。

だけど、うまく押さえこまれていて逃れられない。

「――っむ……っ」

せめて硬く唇を食いしばることが、香椎のせめてものプライドだった。

だけど、そんなキスの中でも、その感覚を覚えておこうと目を閉じる。

——バカみたいだ……。

ただの道具なのに。

鼻の奥がツンとした。

抱かれただけで、恋人になったみたいに思い上がっていた自分の頭を、壁にでもたたきつけたい気分だった。


香椎が走り去ったあと、荒屋敷は開け放したままのドアを眺めていた。

ひどく傷ついたような香椎の顔が、脳裏《のうり》に灼きついている。

——うらんでいるだろうな……。

追憶《ついおく》を断ち切ろうと、荒屋敷はわざと乱暴にドアを閉じる。

それでも、胸にこびりついた苦々しさを消すことなんてできやしない。

わざわざ残酷な任務を選んで、言い渡したんじゃない。

最初からあれは、計画していたことだった。

いくら自分に言い聞かせてみても、いらだちと不安が荒屋敷をさいなむ。

こんなのは、初めてだった。

——もしあそこで、柚実が逆らっていたら……。

つらつらと考えてしまう。

香椎が荒屋敷に抱きついて、そんなのは絶対にいやだと泣き叫んでいたなら、ちゃんと任務を言い渡せていただろうか。

きつく抱きしめて、キスをして、懲罰委員の務《つと》めなどすべて放棄して、何がなんでも香椎を守ろうとしていたかもしれなかった。

——だけど、そうじゃなかった。

香椎は、やると言ったのだ。

すねた顔だったけれども、承諾した。

——つまり、誰とでも寝れるってことだ。

荒屋敷でなくても、誰でも命じられた相手と寝れる。

そんなふうに仕込んだのは自分なのに、やりきれない。

荒屋敷は、椅子に深く身体を埋めた。

まぶたを閉じ、疲れきったようにあごを上げる。鈍く痛むような目の付け根を、指先で押さえこんだ。

——やるって言ったんだ、あのコは……。

そう追いこんだのは自分だ。

なのに、この徒労感《とろうかん》はなんだろう。少しも楽しくなんてないし、充実感のかけらすらない。

——笑え……！

荒屋敷は、自分に言い聞かせた。

懲罰委員長たる自分が、こんなザマでどうする。

学園の風紀を守るために、粉骨砕身《ふんこつさいしん》努力するのが懲罰委員だ。

なのに、閉じたまぶたの裏に浮かんでくるのは、校庭中央突破《とっぱ》を狙うときの、香椎のやんちゃな笑顔なのだった。

ACT・4

荒屋敷に任務をあたえられてから、そろそろ一ヵ月だ。

ムカついて、やけくそな気分はずっと続いていた。

校内で、また荒屋敷を見かけたからだ。

今度は、生徒会長の市来と一緒だった。どことなく親密そうな雰囲気だ。気になってチラチラそっちのほうを眺めていると、青木が口を開いた。

「どーしたの?」

「いや。荒屋敷先輩と市来会長って、あんま見たことのない取り合わせだと思ってさ」

そう言うと、青木はあきれた顔をしたのだ。

「知らねーの? うちの学園一番の、有名人カップルじゃねーかよ」

――そんなの、知らなかったよ……

だから、香椎の恋人は誰か、といううわさが立ったときも、荒屋敷の名はあげられなかったのかもしれない。

なおさらおもちゃにされたような気持ちは強かった。

――いいんだ、あんなやつなんて……！

さっさと任務を終えて、荒屋敷とは金輪際《こんりんざい》、縁を切ってしまいたい。

――もう、誰とでも寝てやる、って感じ？　俺の身体のとりこのくせに、あとで後悔しても知らないんだからな！　荒屋敷のバカ！

ふてふてしたあげく、頭がぐるぐるする。

腹の底に、怒りがあった。

渡辺に意味ありげにつきまとい始めてからも、もう三週間だ。

誘うといっても、教師相手に色っぽく誘うことなんてできなかった。

ただ、なんやかやとつきまとうような可愛いアタックしかできない。渡辺にとっては、単なる「熱心で面白い生徒」のままなのかもしれない。

それでも、週に二回の授業のあとには必ず生物室を訪ねることにしていた。なんだかんだいっても、荒屋敷の思うがままに使われているような気がして悔しい。自分が律儀なのかバカなのか、わからなくなってくる。

渡辺は気さくで、話しやすくて、歳の離れた兄のような雰囲気があった。

授業のことで質問をする、というより、クラスの話とか、ほとんど雑談をしている感じだ。

──学園の誰かとエッチしてるっていうのって、うそなんじゃないの？

そんな気がしてならない。

間違いであってほしい。

やっぱり、荒屋敷以外の誰かと肌を合わせたいわけじゃないのだ。

「どうした？　香椎。悩みごとか？」

生物教師の渡辺に尋ねられて、香椎はハッとした。

目を見開いて、視線をそっちに向ける。

「──悩みごと……っていうか」

渡辺を前にして、香椎はふてくされたようにちょっとだけうつむいた。

青木にもクラスメイトにも、しょっちゅうそう言ってからかわれる。最近の自分の態度が変なのはわかっていた。

──荒屋敷のせいに決まってるけど！

苦しくて、たまらなかった。

ひどい任務を言いつけられたことや、荒屋敷にはちゃんと恋人がいそうなことが、キリキリと胸を締めつける。

あんなムカつくやつ、さっさと脳裏から消してしまいたい。なのに、一ヵ月たっても、忘れられるどころか、逆に会いたいなーと思ってしまうほどなのだ。

気がつくと、いつでもぼんやりと荒屋敷のことを考えていた。

――バカだよ……。

自分でもそう思う。だけど、あの鋭いまなざしや、ミステリアスな雰囲気や、そのくせ変装して掃除をしているときの可愛さなどが、ずっと胸に灼きついて消えないのだ。

「恋でもしているのかい？」

次の授業のために、渡辺は黒板を几帳面《きちょうめん》にぬぐっていた。

長い足が動くたびに白衣の裾がなびいて、その肩幅や長身に荒屋敷を思い出す。

「ほんとに恋人だったら、よかったのかもしれないけどさ」

ふくれた頬から息を吐き出して、香椎は独り言のようにつぶやいた。

口に出した途端、なんとなくしまった、と思う。

いくら気さくで兄みたいだ、と言っても、教師に相談する内容じゃない。

「ん？」

渡辺は黒板消しを置いて、教卓の横に座る香椎のところに戻ってきた。

「――恋人じゃないのに、香椎をそんなにも悩ませる相手がいるのかい？」

親身になったように、身体を近づけて尋ねられる。

いたわるような目で見られると、あれからずっと張り詰めていた心が緩んだ。じわっと涙まで浮かんでくる。

一度吐き出してみたい。

青木にも誰にも、弱音は吐けなかった。

――どうせ、渡辺センセには、相手が誰かわかんないだろうし。

「……あいつ、いつも、何を考えてるのかわかんないんだ」

つぶやいた途端、香椎の目からは涙がこぼれおちそうになった。目を大きく見開いたけれども、それくらいじゃ耐えられそうもない。

泣き顔を見られたくなくて、香椎は教卓にこつりとおでこをくっつけて、うなだれた。

「好きなの？　彼のことが」

穏やかに、渡辺が尋ねてくる。

――え？

「彼女」ではなく「彼」と言ったのがひっかかる。ここは男子校だけれども、相手が男と特定するようなことでも口走っていたのだろうか。

でも、あえて修正するほどの気力もなかった。

「……好きだよ、たぶん。でも……」

利用されていただけなんだ、と続けようとして、香椎はぎゅっとまぶたを閉じた。

全部ぶちまけてしまいたい。だけど今は、任務として渡辺を探っている途中だ。まだ渡辺への疑いが晴らされないうちは、手の内を明かしてしまうのはまずい。

そう思う心が、言葉をとめる。

「でも、何？」

渡辺の声が、優しく耳に届く。

うつむいたまま、香椎は聞いた。

「先生も、……男を好きになったことがある？」

こんな想いは、たぶん間違っているのだろう。学園内でアイドル扱いされ、男ばかりにちやほやされているといっても、あんなのは全部遊びだ。

男同士で本気で恋愛に発展するなんて、なんだか間違っている気がする。

なのに、そんな心をとめられないのが怖かった。

兄みたいな渡辺に、アドバイスをしてほしい。

だけど、ぐちゃぐちゃに混乱した心のどこかではこれはチャンスだと思っていた。

――だって、渡辺センセの返答次第で、渡辺センセが男好きかどうか、探れるし。

身体をこわばらせ、香椎は耳をすませて渡辺の返事を待つ。

三回呼吸したあと、渡辺が足を組みなおす気配がした。

「あるよ」

「……っ」

香椎は、うつむいたまま息を詰めた。

——やっぱり、荒屋敷先輩の予想って、あたってたんだ。

渡辺の相手は、この学園の生徒なのだろうか。セックスをしたことがあるとしたら合意の上でのことなのか、聞きたいことはいっぱいあった。

——だって、合意の上なら、仕方ないじゃん……。

まだ、高校生の身でそんなことをするのは早いかもしれない。しかし、教師と生徒だからっていう理由だけで渡辺を罰する資格は、学園側にも懲罰委員にもないと思うのだ。

——だから、ちゃんと理由を聞き出して、渡辺センセが本気だって言うのなら、俺だって荒屋敷に説明できると思うんだよな。

荒屋敷の単なる手下になんか、なりたくない。いくら道具みたいに使われてても、自分にも心はあるし、判断力だってある。

渡辺を守ってみたかった。

渡辺の白衣の後姿を思い出す。

　少しだけ、荒屋敷と背格好が似ていた。

「先生、教えてよ。どんな相手？　やっぱり……つらかったの？」

　探ってるのを見破られるのが怖くて、顔は上げられなかった。

　その問いかけに、渡辺はかすかに笑った。

「私のことを話す前に、香椎のことのほうが聞きたいね」

　伸びてきた渡辺の手が、香椎の髪をくしゃくしゃとかき混ぜる。

　そのしぐさにまた、荒屋敷のことを思い出す。荒屋敷がなでてくれたときの、大きな手の感触が似ていた。

　涙腺が熱くなる。

　やっぱり、彼のことを忘れることなんてできない。

「秘密にしてくれる？　誰にも言わないって」

　荒屋敷のことを考えながら、渡辺の話を聞きだすためにあえて口に出してみる。

「もちろん。約束するよ」

　香椎は教卓に額を押しつけたまま、深く息を吸いこんだ。

「……本当は大好きだったのかもしれない……。だけど、素直になれなかった。身体だけの関係かもしれないとか、いろいろ考えちゃって」

声が震える。

赤裸々《せきらら》な告白は恥ずかしくて、耳までも赤くなった。

渡辺に語ったことは、本当のことだ。

香椎はウソがヘタだし、胸の苦しみを吐き出してしまいたい気持ちも強かったからだ。

「どんなことをされたの？　彼に」

髪をかき回していた渡辺の指の動きがとまる。

思いやりを持って聞き返しているというより、声の中に好奇心のようなものが隠されているような気がした。

——え……。

かすかな違和感を覚えて、香椎は凍りつく。

渡辺はやっぱり、セクハラ教師なのだろうか。穏やかな顔で生徒を惹きつけて襲う裏の顔を持っているのだろうか。

確かめるために、香椎はその問いに答えてみることにした。

ゆっくりと息を吸いこむ。

覚悟していても、恥ずかしさに目がくらみそうになった。

「俺の身体が……どこまでみだらなのか調べるって……服脱がされて」

「どこまでされた？」

髪に触れていた手が、香椎のうなじのほうにすべり落ちてきた。

「――っ……！」

首筋に触れられた途端、身体がびくっと震える。

振り払いたいような嫌悪感があったけれども、香椎は懸命《けんめい》に押さえこんだ。

身体を石のようにこわばらせたまま、うなじを這う指の動きに耐える。

――やっぱり、そうなんだ……？

渡辺に、裏切られたような思いがあった。

やっぱり、自分はダメだ。荒屋敷でも渡辺でも、裏の顔まで読むことなんてできやしない。

表面だけ優しくされただけで相手を信じこんで、裏切られたとふてくされる。

ただの子供なのかもしれない。

「全部、言ってごらん」

渡辺は猫撫で声で言った。

――言わなきゃいけないのかな……？

うなじを触られただけでは、渡辺がセクハラ教師だという証拠にはまだまだ甘いだろう。

渡辺と関係したらしい生徒は、みんな口が固い、と荒屋敷が言ったことを思い出した。

――用心深いのかも。

かなり露骨《ろこつ》に口に出してみないと、渡辺を誘うのはできないかもしれない。

セリフを考えただけで、目の前がくらくらしてきた。

だけど、今さらだ。

荒屋敷に恥ずかしいところはいっぱい見られている。思い出しただけで頭が真っ白になりそうなぐらいすごい格好をさせられたし、すごいセリフも言わされているのだ。

顔から火が出そうになりながら、香椎は切れ切れに告白した。

「……あそこ……触られたり、指入れられたり」

渡辺の手が頬に回った。真っ赤になっていた顔を上げさせられる。

「そんなことされたんだ？　入れられたのは、指だけ？」

香椎は真っ赤なままうなずこうとして、一瞬ためらった。

「指だけじゃなくて……アレも……っ」

羞恥に、めまいがする。授業と授業の間の時間で、誰がくるかわからない日中の生物室なのだ。

――恥ずかしくて、死ぬ……っ！

渡辺が、のぞきこむように顔を寄せてくる。

いつもの穏やかな表情に、好色そうな影がちらりと見えた。

渡辺の手に熱い頬をあずけたまま、香椎はぎゅっと目を閉じた。

「どうだった？　恥ずかしかった？　気持ちよかった？」

普段だったら、こんな質問に答えたりなんてしない。だけど、香椎は必死になって絶え絶えに声を押し出した。

「……気持ち……よかった……っ」

荒屋敷に貫かれた瞬間を思い出す。

身体の芯がぞくっと震えた。

香椎は、瀕死《ひんし》の小鳥のように息を吐き出す。

「——もう、あんなやつのことなんて。——忘れさせて……よ……、先生」

もう、こんな任務から逃れたい。

涙が、じわっとにじむ。

渡辺に抱かれれば、こんな任務から逃れられる。荒屋敷からも自由になる。

そんな思いがつぶやかせた、やけくその一言だった。

息を詰めて、香椎は渡辺の答えを待った。

「いいよ」

渡辺が、クスリと笑った。

「じゃあ、今日の放課後。生物準備室で――」

口づけされそうになって、香椎はやっとのことでそれをはばむ。

息を乱しながら、教室から逃げ出そうとして、ドアのところで振り返った。

――うまく誘えたのかな？

不安気な香椎のまなざしに、渡辺は共犯者のような笑みを投げかけてきたのだった。

今までの兄みたいな穏やかな表情とは、種類が違っていた。


荒屋敷に、こちらから連絡を取ることは禁じられていた。

二人が接触するのは、目立ちすぎるかららしい。

――とか言ってさ。前の呼び出しのときには、出迎えまでしてくれたくせに……！

ほかの生徒がいないときを見計らっていたようだけれども、そこまで厳禁ではなかった。

そんなに自分と接触したくないのかと、香椎はふてふてしてくる。

代わりに教えられたのは、昇降口にある香椎の靴箱の名札に、ピンクの押しピンを刺しておく方法だった。

それをすれば、『荒屋敷からの連絡を請う』という暗号になるらしい。

――ちゃんと見てるのかな……？

何せ、急な誘いだった。

不安と期待にそわそわしながら、香椎は荒屋敷が接触してくるのを待った。

「――誘い出せたか？」

背後から話しかけられたのは、五時間目の教室移動の合間だった。

振り返らなくても、声で自分のすぐ後ろを歩いているのが荒屋敷だとわかる。

ほかの生徒のいない、一瞬の合間だった。

香椎は硬直した。

緊張に、頬が引きつる。

しかし、何食わぬ顔をして歩きつづけながら、短く答えてみる。

「今日の放課後、生物準備室」

「わかった」

すぐに荒屋敷は香椎を追い抜き、廊下の角を曲がって姿を消そうとする。

「待てよ！」

香椎は思わず、荒屋敷を呼びとめた。

荒屋敷が振り返る。鋭い威圧的な目をしていて、その顔でにらみつけられるだけでも、なんだか怖かった。

校内で憧れられつつも恐れられているのは、荒屋敷のこんな雰囲気のせいだ。二人きりでいるときには、もっとすごく優しかった。自分に惚れてるのかもしれない、と誤解してしまいそうになるほど、親密なムードになったこともある。

だけど、あれは全部演技だったのだ。今向けられている顔が、荒屋敷の素なのだろう。

悔しくて、涙腺が緩みそうになる。

だけどここで、ひるむわけにはいかない。

「やらないからな……!」

荒屋敷に気おされないように、香椎は必死になって眼球に力をこめる。

「何を?」

「誘うのはした。だけど、それ以上はしない」

「それ以上というのは、抱かれるってことか?」

かすかに荒屋敷が微笑む。鼻で笑うようなバカにした表情をされて、香椎はさらに悔しくなった。

　息もできないぐらい、悔しい。

　だけど同時に、荒屋敷の笑みの中に、抱かれていたころの優しげな面影を探してもいるのだ。

「そう。誘惑して、ギリギリまではする。ちゃんと聞き出す。だけど、それ以上はいやだ」

「そんなに貞操観念のしっかりしている子だとは、思わなかったよ」

　荒屋敷は、ゆっくりと香椎の前まで戻ってきた。

　その秀麗《しゅうれい》な顔には、かすかに笑みが浮かんだままだ。軽蔑されているようなのに、どことなく満足そうな笑みにも見えるのは、錯覚《さっかく》だろうか。

「でも、仕事はキチンとしてもらう。契約だからね」

　指先で、くっとあごを上げさせられた。触られたくなんてないのに、荒屋敷の前では身体が自由に動かない。

　このままキスまでしてくれればいいなんて思っているのは、未練にしてもほどがある。

　――バカだ……。

　何度そう思ったか、知れない。女衒《ぜげん》に入れあげて、身体を売る女の仲間に入りかけているような気もした。

「なんだったら、全部きっちりと勤めあげたあとに、ご褒美をあげてもいいよ」

「ごほ……うび……？」

香椎は、荒屋敷を見上げる。

荒屋敷は瞳を細めた。残酷そうな笑みが浮かぶ。

「そう。……また抱いてやっても――」

その言葉が耳に入った途端、頭にカッと血が昇った。

荒屋敷の頬を思いきりひっぱたいたのだと実感がわいたのは、手のひらに痛みが伝わってきてからだった。

「あ……」

呆然としている香椎の手首を、荒屋敷がつかむ。

「きっちり勤めあげろよ」

言われたのは、それだけだ。

何か言いたげにじっと見つめられた。だけど、何も言わずに荒屋敷はきびすを返す。

すぐにその長身は、香椎の視界から消えた。

――バカ……。

香椎はぎゅっとこぶしをにぎりこむ。変な叩きかたをしたせいか、手のひらが痛い。

――でも、先輩はもっと痛いかも。

頬にくっきりと手のひらの跡が残っているかもしれない。

ざまあみろ、と笑おうとした。

だけどどうしても、笑いたいよりも泣きたいような思いのほうが強くて、顔がゆがんだ。


渡辺と約束していた放課後が近づくとともに、香椎はだんだんと憂鬱になる。

荒屋敷相手のときには、まだ憂鬱の中にもドキドキが混じっていた。

なのに、今回はマジでカンベンだ。

——でも、行かないわけにはいかないよな……。

荒屋敷に指示されてはいるが、渡辺とエッチする気などない。

逃げ帰りたい気持ちを押さえて、放課後の掃除を終えるとすぐに二号棟の生物準備室に向かった。

生物準備室は、生物室の隣にある小さな部屋だった。

生物室側のドアはいつも鍵がかかっているけれども、今日は開いている。

香椎はそこで待つことにした。

身長よりも高い棚には、ホルマリン漬けの古い標本の壜《びん》がいくつも並んでいる。かなり古いものだろうに、壜はぴかぴかに磨《みが》かれ、液体も澄んで、漂白《ひょうはく》したような中身がクリアに見えた。

——やだな……。

香椎は、棚から視線をそらす。

たぶん、渡辺の趣味だ。

とりつくろわれた渡辺の内部が露呈《ろてい》しているようで、ぞっと鳥肌が立った。

人の気配に気づいたのは、そのときだ。

びくっとして振り返る。

白衣姿の渡辺が背後に立っていた。

「よくきたね」

渡辺が横に動いて、準備室の鍵を施錠する。

放課後の生物室は、クラブ活動がない日は無人になる。生物準備室になど出入りする人など、渡辺のほかにいない。

急に心細くなってきた。

——ちゃんと見張ってるのかな？　荒屋敷先輩は……。

くる途中の廊下にも、見通しのいい生物室内にも、人影はなかった。

影が差して顔を上げたら、渡辺の長身が香椎の身体を壁との間に挟みこむところだった。

顔の左右に両手を突かれる。

身体はどこも触れてないのに、圧迫感に息が詰まるような気がした。

「……覚悟してきた？」

ささやきかけてくる渡辺の声は、いつもよりもずっといやらしく響いた。

教師じみた声の調子が消えて、渡辺も男なのだとぞっとする。

「なんの……こと？」

覚悟してきたつもりだったのに、いざとなると逃げ出したくなっていた。

さりげなく渡辺の腕の包囲から逃れようとしたのに、渡辺はますます腕の位置を狭めていく。

「ばっくれるんじゃないよ。何も知らないような顔して。……突っこまれたいんだろ？」

渡辺から言われる言葉に、ビックリした。

ニヤつく渡辺の顔からは、いつもの品性は抜け落ちていた。

――うわっ！　なんか、別のスイッチ入っちゃってるよ！

「俺、帰る！　離せ……っ！」

やっぱり、生理的に我慢できそうもなかった。

荒屋敷から怒られるかもしれないけれども、逆にこっちのほうが怒ってやる。

しかし、渡辺の腕をどけようと上げた腕を、逆にねじりあげられた。

「――っ……！」

すごい力だった。荒屋敷のときもそうだったけれども、やすやすとねじ伏せられると男としてはすごく悔しい。

「おきれいなふりしてんじゃねえよ。学園のアイドルは、とんだ淫乱のくせに」

「……っふ……いた……っ」

「どうした？　やる気だったくせに、急に気が変わったか？　それとも、こういうプレイが好きなのかな？」

小柄な香椎と渡辺との体格の違いは、大人と子供のようなものだった。身体全体で圧迫されると、身体が壁に貼りついたまま動けなくなる。

足と足の間に、渡辺の足が割りこんできた。膝や腿の前の部分で、敏感な股間を押すように揉みこまれる。

「やっ！　離せ……っ」

制服の上からでも、すごい刺激があった。生々しい刺激は身体の奥まですくませ、香椎はその暴虐《ぼうぎゃく》な膝から逃れようと必死になって腰を引く。びくびくと身体がはねた。

「元気がいいね。やっぱり、この年齢はたまんないな」

「ほかにも……っ、こんなこと……してんのかよ！」

香椎は渡辺の身体をおしのけようと、激しくもがく。しかし、暴れれば暴れるほど身体が折れ曲がってきて、立っていることすらできなかった。

渡辺が香椎の学ランの襟元をつかんで、いったん引き上げた。ぐしゃぐしゃになった前がはだけ、その隙間から肌が見える。

その場所に渡辺が腕をつっこんだ。

膝で股間を探りながら、手のひらで乳首をつまんでくる。

「――っや……！」

痛いぐらいにつままれて、香椎は身体を硬直させた。

「ここ、弱いんだ？」

耳元で、低くささやかれた。耳を舐められ、総毛立つ。

丸まった香椎の背を乱暴につかみ、渡辺に足を払われた。

「ぐ……」

背に衝撃があった。

びっくりするほどそばに床があり、気がつけば香椎は押し倒されていた。

一瞬息ができなかった香椎の身体に、渡辺が乗り上げてくる。

起き上がられないように、みぞおちの部分に膝で体重をかけられていた。

「バカっ……！　放せ！　放せってば……っ！」

「やりたい盛りの男子学生、ちょっと誘いをかけてあげれば、酔狂なコはたくさんいるよ。……私は香椎みたいに可愛くて、元気なタイプが好きなんだけど。いかにも『調教』してる気がするだろ。自分好みに」

ぐ、とみぞおちを膝で押され、いよいよ呼吸ができなくなった。

「あ、……っは、あ……っ」

渡辺は、何か格闘技の心得でもあるのだろうか。

さほど力をこめて押し倒されているとは思えないのに、振り払うことも身体を起こすこともできない。それどころか、今にも窒息してしまいそうだ。

乱れた息が、とんでもなく大きく聞こえた。

頭蓋骨を内側からたたかれているように、ガンガンと振動が響く。

「あ……っあ、……は……」

服を脱がされていくのがわかった。

だけど、抵抗どころじゃなかった。必死になって口をぱくぱくさせて、のどに空気を送ろうとする。

膝の圧迫が緩んで、ようやく呼吸ができた途端に咳《せ》きこんでいた。

「ぐ……っが、……っはっ」

シャツの前が、全部はだけている。わき腹のあたりをねっとりとなで上げる手のひらは、やはり荒屋敷のものとは完全に違っていた。

荒屋敷のときも強引ぽかったけれども、こんなんじゃない。もっと、ずっと優しかった。気持ちよかったのは、きっと荒屋敷が相手だったからだ。今は快感どころか、たまらない嫌悪感に肌が総毛立っていた。

「——っすけ……」

もう、パニックに陥って叫んでいた。

「助け……って……！　せんぱ……っ！　あらや……しきせ……っ」

「香椎のお相手というのは、荒屋敷？」

肌に唇をつけながら、渡辺が笑う。

鎖骨のあたりからねっとりと舐めあげられ、そこにだけは触れられたくなかった乳首まで舌先が触れた。

「……つん！」

びくっと膝がはねた。

唾液をこすりつけるように、舐めずられる。

あとはもう、言葉をつづることなど不可能だった。むせび泣くようなみっともない声がのどからもれるだけだ。

「っん、……っあ、ひ、ん、ん……っ」

――やっぱり、助けなんてない。

「……っ、ん。放――っは、ん……」

乳首をしゃぶられている。

唾液のついたところから、全身が腐りだしそうだった。

いやおうなしに送りこまれるその感覚を甘受するよりも、まだ痛いようがマシだ。

荒屋敷がどこかで気配を探ってくれているかも、という淡い期待は、もはや打ち砕かれていた。

香椎は床に後頭部を打ちつけた。

「――っ！　ん……っ！」

それでも、痛みなど感じない。

のたうちながら頭を十回ぐらい床にたたきつけたとき、生物準備室の廊下側のドアが外側からたたかれた。

「中、誰かいるのかね？」

聞き覚えのない、年配の男の声だった。

ぎく、と香椎の身体の上で渡辺が凍りつく。

体勢を整える余裕すらなく、鍵を回す音がして廊下側のドアが開かれた。

渡辺が、弾かれるように香椎の身体から離れた。

それでも、制服を乱した香椎の姿は、思いきり闖入者《ちんにゅうしゃ》の目にさらされたのだ。


入ってきたダークスーツの年配の男は、この学校の理事長だという。

来年度の入学案内のパンフに載せる内容について校長と話し合いながら、学内を回っていたところだという。

校長室で渡辺が事情聴取を受けているあいだ、香椎は隣の理事長室に留め置かれていた。

――次に呼び出されて、なんてふとどきなことをしたんだ、と思いっきりしかられるんだ。親とか呼ばれないといいなー。もしかして、退学か停学になっちゃうかも。そしたら、もうみんなに会えなくなってさ……。

不安とショックに、ソファの隅で膝を丸めていると、入ってくる人影があった。

「君はもう、帰っていいよ」

張りのある声の響きに、ハッと顔を上げる。

入ってきたのは、荒屋敷だった。

オーク材の立派な調度類にも気後れしないほどの風格と堂々とした態度で、部屋の中央まで歩み寄ってくる。

「でも……っ」

「理事長と校長は、事情を知っている。あの部屋まで、ぼくが誘導したんだし」

「え？」

びっくりした。

「だって、最後までしろって……！」

「本当はね」

荒屋敷は、ソファの端にうずくまる香椎から三歩離れた位置で立ち止まった。

「ご苦労さま。もう少しがんばってもらいたかったんだけど、これ以上は君が無理そうだったので、中断することにした。あの時点の会話や態度からとってみても、渡辺がシロじゃないことはわかったし、野放しにしてはいけない教師だと判断したので」

一瞬だけ視線が揺れたようだが、荒屋敷の表情は石像のように冷ややかだ。

――助けてくれたんじゃ……ないわけ？

甘い期待など許されそうもない他人めいた雰囲気が荒屋敷にはある。

香椎はみじめな気分で、そっぽを向いた。

「……役立たずで悪かったな！」

膝に顔をこすりつける。後頭部に荒屋敷の手が伸びて、そっと包みこまれた。

「触んな！」

反射的に振り放す。

荒屋敷は苦笑した。

「……頭ぶつけてたようだから、校医に連絡しといた。あとで、大事を取って病院にも行くことになると思うけど。ほかにケガはない？」

「ないよっ！」

頭触られたのは、ケガの具合を見るだけだったらしい。

――なんだよ、任務ってそんなに大事なのかよ……！

荒屋敷と一緒にいるのがいたたまれなくて、香椎は立ち上がった。

出て行くときに、尋ねてみる。

「渡辺センセ、どうにかなるの？」

自分の仕事の始末だけでも、聞いておきたかった。

「理由はどうあれ、校内で生徒と淫行に及んでいたとなれば、処分は確実。しかもそれを、理事長自らに見られたとあっては、申し開きも効かないだろ」

「クビ、とか……？」

「おそらくは」

こともなげに言って、荒屋敷はドアの近くにいた香椎に近づいた。

警戒に身体をこわばらせると、少しだけかがみこんでささやく。

「ご苦労さま。……もう君は自由だ」

ささやきは甘くない。機械的な響きを持っていた。

望んでいたはずの言葉なのに、少しも嬉しくなかった。

荒屋敷の指先が伸びて、香椎の制服の胸ポケットの内側からすばやく何かをむしりとる。

ボタン型の、小さなハイテク製品っぽいものだ。

——盗聴器？

これで生物準備室でのようすを聞かれていたのかもしれない、と納得できた。きっと、教室移動のときに会ったときにつけられたのだろう。

「では」

荒屋敷がきびすを返して、先に理事長室から出て行く。

香椎に残されたのは、荒屋敷の香に似た残り香だけだった。


荒屋敷から別れを告げられて香椎が向かったのは、校舎の端のほったて小屋だった。

荒屋敷が以前、掃除していたのを目撃したところだ。

どうにも感情の行き場がなくて、ドアの前でぼんやりとたたずんでいた。

——ここで、いったい何してたんだろ……。

変装して、掃除して、枯れ葉や雨どいの掃除をしていた。

荒屋敷のすることは、わからないことばかりだ。

「うわっ……」

不意に、目の前のドアが横に引かれて、香椎は声を上げた。

中から出てきたのは、同じくぎょっとした顔をした用務員だ。

「ど……どうしたんだね、ここで」

「いえ」

年配の用務員は、荒屋敷の秘密を知っているのだろうか。

ニコニコした顔の彼に、香椎は尋ねてみた。

「あの……、よく掃除してる人、いますよね。三年の」

目撃したのは一回だったが、荒屋敷の手馴れた動きは初めてだとは思えなかった。

「ああ。あの格好いいおにいちゃんの友達かい？」

「友達というか、なんというか……」

香椎はうつむいた。

今は、笑顔など作ることができない。

深刻な雰囲気に、用務員は不思議そうに香椎を見ていた。

「あの、どうして先輩は掃除してるんですか？　バイトとか、罰ゲームとかなんですか？」

取り繕いようがなくてストレートに尋ねてみると、用務員はわははと笑った。

「違うよ。あれは、単なる好意だな」

「え？」

「一度、話してくれたことがあるんだけどね。彼のおじいちゃんも、おとうさんもこの学園の出身なんだそうだ。あの子はおじいちゃんっこだそうだが、そのおじいちゃんが死ぬときに、この学園で過ごした楽しい思い出を、嬉しそうにいろいろあの子に話したんだと。

いつかおまえも、あの学園で楽しい思い出を作れと」

「それと掃除がどう……つながるんですか？」

「手伝いをしたいんだよ」

用務員は、優しい顔で笑う。

その笑顔を見ていると、とっつきにくそうな荒屋敷が彼に本音を話したのが理解できるような気がした。

「手伝いって、なんの？」

「この学園の生徒みんなが、この学園で楽しく過ごせるお手伝い。私も、職員も、先生方も、みんなそう願いながら仕事してるけどな」

香椎はとまどう。

荒屋敷を動かしているのは、愛校心なのだろうか。

でも、そんな理由じゃ納得できない。

香椎自身は、ちっとも幸せじゃないからだ。

——俺より、学園が大事だなんて……。

悔しくて、絶対納得なんてしてやりたくなかった。

それから、一週間がたった。

「なーなーなー！　ゆずちゃん。聞いた？　渡辺先生、辞めちゃうんだってさ」

「……知ってる」

始業前だ。

教室でぼんやりと物思いに沈んでいた香椎は、青木の言葉に顔を上げた。

青木は香椎の前の席に陣取り、リーダーのノートをねだってくる。

「けど、なんで辞めるの？　理由とか聞いた？」

「なんだかね、田舎の両親の……どっちだったっけな？　が具合悪いらしくて、故郷帰って家業を継ぐ……みたいだよ？　バスケ部のやつらが、大騒ぎ。もうじき地区予選あるのに、顧問いなくちゃ、出場できないらしくてさ」

青木の話を聞き流しながら、香椎は元のように頬杖をついた。

あれから、すっかり元の生活に戻っている。

朝は、「出迎え」で大騒ぎだし、色気が増しただの恋人ができたらしいだの、失恋したらしいだのと勝手に騒がれ、「俺がなぐさめてやる！」とわけのわからない理由で呼び出される回数だって増えた。もちろん、そんなのは全部無視だ。

──懲罰なんて、意味なかったじゃないかよ……！

よけい、腹が立つ。

結局、あれはなんだったんだ、とムカムカムカしてくる。

──俺の身体が欲しかっただけ？　つうか、単に使い走りにしようとして、因縁つけてきたってわけ？　でもって、用がすんだらポイかよ！

ふざけんな、と言いたい。

もっと校内の風紀を乱したら、荒屋敷がまた懲罰をしにやってくるのだろうか。

「なぁ、……青木さ」

「ん？」

せっせとノートを書き写しながら、青木がちらりとだけ視線を向けてきた。シャーペンを短く持った指先に、どこか愛嬌《あいきょう》がある。

「校内で風紀を乱す大騒ぎ、ってどうしたらいいと思う？」

「って、おまえがか？」

「そう」

「……今でも、十分乱してるんじゃん？」

荒屋敷と同じようなことを、青木は言う。

「乱してないよ！　だから、今がどうこうっていうレベルじゃなくて、あまりに乱して乱して乱しまくって、もうどうにもなりません、みたいなの」

香椎は、イライラと爪をかむ。

「んなの、簡単だぜ」

青木はにぱっと笑って、気楽に言ってのけた。

「裸踊りとか、校内に大ハーレム作ってみるとかさ、親衛隊はべらし、上級生にも甘えまくって、ついでに先生までもたぶらかしちゃったりして。校内騒然。……って、うわっ！」

顔を上げた青木は、ぎょっと目を見開いた。

ニコリともしない香椎の頬を、両手で包みこんでくる。

なだめるように、軽くたたかれた。

「おまえ、なんか思いつめてる。——目が怖い」

「そうかな？」

「そーだよ。なんか、やばい感じだぞ？　今度、一緒に映画でも行こうか？　あ、おいしいラーメン屋のほうがいいかな。今日の帰りにでもどう？　もちろん、おまえのおごりで」

「なんで俺がおまえにおごらなきゃいけないんだよ？」

「ほら、つきあってやってるんだからさ」

「バカ言うな」

唇を尖らせてフンと思いっきり鼻から息を吐き出すと、青木が今度は神妙な顔をした。

「……どうした？　やっぱ、大暴れするか？　校内で。変身して暴れるか？　セーラー服とナース服とメイドなら衣装貸すぞ」

「なんでそんなの持ってるんだよ？」

「それは秘密です」

始業のチャイムが鳴り響いたが、青木はノートを写し終わらなかった。

未練がましくシャーペンを動かしながら、青木は目だけで笑う。

「ま、あまり思いつめんなよ。そんなときには、悪い男につけこまれるから」


自宅に帰って、ゴロゴロとしていた午後八時ごろ、香椎の家に電話がかかってきた。

母親が取り次いでくれて、自室の子機で受ける。

『――香椎柚実くん？』

確認してきた声に、聞き覚えがあるような気がした。

「そうですけど」

誰だろ、と考えていた香椎は、受話器の向こうから流れてくる音声に凍りついた。
『指だけじゃなくて……アレも……っ』
テープで録音したような、ガサガサした雑音があった。
まぎれもなく自分の声だ。
『どうだった？　恥ずかしかった？　気持ちよかった？』
加工して誰のものだかわからなくなった声ののちに、また答える声が続く。
『……気持ち……よかった……っ。——忘れさせて……よ……、先生』
受話器を持つ香椎の手が、じっとりと汗ばんでくる。
あの会話を録音されていたなんて、予想外だ。
誘わなくちゃいけないから、あんなこと言ったのだ。
——なんだよ？　なんだよ、これ……。
頭が混乱してくる。
襲われたときのことを思い出すと、背筋が凍りついて、吐き気までした。
『どう？　覚えがある？』
電話の向こうにいるのは、間違いなく渡辺だ。
——俺のせいだと思って、仕返ししようとか……？

そのまま、電話を切ってしまいたかった。

——あのテープを公開されるとかって脅されるのか。

「何か俺に用？」

『——そのテープと引き換えに、頼みがあるんだ』

「頼みじゃなくて、脅しのくせに」

香椎は、はき捨てるように言った。

電話の向こうの渡辺が、楽しそうに笑う。

『直接会って、香椎がどんな顔をしてるのか、見たいよ』

「そんなことより、さっさと用件を言えってば」

長話などしたくなかった。

用件だけ聞き出して、電話をたたき切りたい。

「何を言ってくれてもいいよ。俺、ぐれまくってるから」

『何を言ってもいい、なんて言葉は、そうたやすく口に出すんじゃないよ』

渡辺に、逆にとがめられた。

『私がもっとワルだったら、そんな言葉を聞いて、いったい何を思いつくかわからない』

「今でも十分ワルでしょうが」

『まだまだ、世の中には上がいるってこと。香椎には、まだわからないかもしれないけどね』

悟《さと》ったように言われて、香椎は鼻で笑ってみせた。

「俺、さっさと電話切りたいんだ。さっさとしてくれないかな。犯罪と妊娠出産以外なら、なんでもやってみるから」

『言うね。私が知ってた香椎は、もっと可愛かったよ』

香椎はため息とともに、吐き捨てた。

「だから言ったでしょ。――ぐれたい気分なんだって」

放課後、職員室の出入り口付近にある鍵置き場で、香椎は生物準備室の鍵を盗み取っていた。

心臓が飛び出しそうに緊張しながら、香椎はギクシャクと職員室を出る。

走るように生物準備室に向かった。

電話の件を荒屋敷に話そうかどうか、迷った。

――けど、もうあんなやつ、知るもんか……!

そう思って、やめた。

ぐれた気分と、荒屋敷への恋しさがいつまでも胸の中で混じりあっている。

もう、荒屋敷とは会わないつもりだった。失恋したってことはわかっている。それでも、思いを断ち切ることなんてできない。

きっとこの後、何年も引きずってしまうのだろう。

『取ってきてもらいたいものがあるんだ。私はもう、学校には行けないもので』

渡辺の昨夜の電話の用件は、それだった。

生物準備室の、壊れかけた壁の奥に隠してあるビデオテープの類を取ってこい、という用件らしい。

「——ビデオテープ、ですか?」

そう聞き返したら、渡辺は言ったのだ。

『私はね、いろいろな思い出を記録に撮るのが大好きで。……こうして役に立つのもあるし』

香椎を脅したテープみたいに、ほかにもいろんな脅迫に使うようなテープが残されているのだろう。

きっと、ろくなビデオテープじゃない。

渡辺に押し倒された生徒が映ってるものかもしれないし、もっと重要な情報が含まれたテープなのかもしれない。

だけど、それが何なのか、もうどうでもいいぐらい、香椎はぐれていた。

脅迫されても、渡辺に渡すつもりはない。

——あんなテープで、俺を脅せるなんて甘く考えるなってんだ！　公開するなら、勝手にしろ！

完全に、開き直ってた。

——ここの証拠テープのことは、荒屋敷にも教えてやんない。どっかで燃やしてやる！

渡辺から電話で伝えられた壁の木材の継ぎ目に指をねじこんでみる。

びっくりするほど大きな音を立てて、パネルが外れた。

「うわっ……！」

香椎は手を突っこんで、中にあるビデオテープを取り出す。

——四本。確かに……。

カバンにテープを突っこみ、パネルを元の位置に押しこむ。

鍵をまた、元の場所に戻さなくてはならないのが、ちょっと面倒だ。

しかし、棚の間から出て、ドアのほうに向かった途端、香椎は大きく目を見張った。

「——荒屋敷……せんぱ……」

ドアをさえぎるように、荒屋敷が厳しい顔で立っていたのだ。

思わぬところで荒屋敷に会った動揺に、すぐには言葉が出てこない。

香椎は呆然と立ちつくした。

「ここは現在、懲罰委員会の管轄下《かんかつか》にある」

ピシリと、鋭い荒屋敷の声が飛んだ。

鋼を思わせるいつもの声の響きだった。

鞭でたたかれたように、香椎は肩を震わせた。

「ここで、いったい何をしていたのか、言ってごらん」

声の響きだけではなく、荒屋敷は手に鞭を持っていた。

鞭の先で、あごをクイと上げさせられる。

「……何してたっていいだろ！　俺の勝手だろ……！」

言い終わらないうちに、ピシッと鞭が鳴る。顔のすぐ横の空間で、鞭がしなっていた。

あとほんのちょっとだけずれていたら、頬をたたかれていたに違いない。

「——なんだよ……っ！」

香椎は、きつく唇をかんだ。目が痛くなるくらい、荒屋敷をにらみ返す。

「ちゃんと説明したまえ」

黙っていると、手首を持ってねじりあげられた。カバンを奪われる。

「——っ……！」

「これを取ってくるように、渡辺に頼まれたわけか」

ビデオテープが没収された。

「……そうだよ」

香椎は荒屋敷をにらみつけたまま、乱暴にうなずいた。

罰をあたえるなら、あたえてほしい。肉を引き裂き、骨まで染みこむような苦痛だって、今はかまわない。

それくらいの覚悟はできていた。

しかし、荒屋敷はあごをしゃくっただけだった。

「では、早く立ち去りたまえ」

「え——」

処罰を受けずにいられるなんて、考えもしなかった。

香椎は、思いがけず立ちすくむ。

荒屋敷は、もう香椎のことなど見てもいなかった。

ビデオを手に取り、カバーを外して中を見ている。

「いいのかよ」

香椎は、低く尋ねた。

「いいって、何が？」

「俺が何をしていたのかとか、渡辺センセについてとか、聞き出さなくても」

「渡辺に何か言われて、頼まれた品を取りにきただけだろ。渡辺が生物室か生物準備室に何か隠していたのは、こちらとしても勘《かん》づいていた。ただ、あんな壁の中にあるとは気づかなかったけどね」

「俺、渡辺の一味かもしれないよ」

「……だとしても、何か？」

荒屋敷の顔に、ようやく表情が戻ってくる。

小バカにしたような顔だった。おまえに何ができる？　そう言っているように思える。

——なんだよ……っ！

香椎は、きつく唇をかんだ。

鞭打たれるよりももっと残酷なのは、今みたいに軽んじられることだった。荒屋敷にとって、自分は何の意味もないんだと思い知らされたのが一番つらい。

――なんだよなんだよ……っ！

悔しさのあまり、怒鳴りだしそうだった。

なのに、胸にぎゅっと詰まっている思いは言葉にならない。

思いきりなじりってやりたいし、いろいろ文句も言いたい。

――それに……。

荒屋敷が好きだってことも、ちゃんと伝えてないのだ。

鼻の奥がツンとした。

――けど、……もう何を言ってもムダなんだ……。

荒屋敷にとっての香椎は、学園の風紀を乱すだけの害虫なんだろう。

瞬きをした拍子に、大粒の涙が床に落ちた。

――もう本当に知らないから……！

もうこれ以上、一瞬たりとも顔を合わせていたくなかった。走って逃げていこうとして、
誰かに生物準備室のドアのところでぶつかりそうになる。

「待てよ、委員長」

立ちふさがったのは、学園の生徒の一人だった。

彼は、香椎の肩ごしに部屋の奥の荒屋敷を凝視しているようだ。

瞳の白い部分が、青く発光しているような凄みを感じさせる。

「どうして、香椎を見逃そうとするわけ?」

——え……?

香椎はとまどう。

彼も、懲罰委員の一人なのだろうか。

準備室の中に一歩踏みこんだ彼は、香椎の肩をつかんだ。

思わず顔をしかめるほど、強い力がこめられていた。

彼に顔をのぞきこまれる。

どこかで見た覚えのある顔だった。

——あ……。

ようやく思い当たる。一年の松本《まつもと》だった。中等部のときから毎年、インターハイでは入賞圏内に入っていたという陸上部の英雄だが、いつもとはムードがあまりに違う。校内で何度か見かけたときには、ぽやぽやとした笑顔だったのに、今はニコリともしていない。表情が違うと、イメージがかなり違う。

「懲罰委員会の監視下にある教室に忍びこみ、渡辺の隠したビデオテープという証拠品を盗み出そうとしたやつですよ? どうして香椎を見逃そうとするのか、納得する理由を言ってくれないと」

——俺が嫌いだからだよ！　口もききたくないぐらい！

香椎は胸の中で毒づきながら、荒屋敷がどう答えるのか、待った。

なのに、荒屋敷は何も言わない。

その沈黙に、松本は笑った。

「——なるほどね。……委員長の動きがどこか変だと思ってたんだ。アイドルにたぶらかされてたってわけ？」

——え？

そんなことはないだろ、と香椎は荒屋敷を振り返る。

荒屋敷は、否定も肯定もしなかった。

完璧すぎて血の通った人間だとは思えない顔で、冷ややかに松本を見つめ返している。

松本は、荒屋敷をねめつけながら声もなく微笑んだ。

「俺が押さえたこの現場で、何か申し開きをする必要はありますか、委員長」

「別にないね」

「では、監査委員に通告し、懲罰委員会規則第六条二項の規定において、懲罰委員長、荒屋敷直道の弾劾裁判を要求します」

――弾劾裁判？

香椎は、ぎょっと目を見開いた。

自分を逃がそうとしたために、荒屋敷は弾劾裁判とやらを受けて、罰を受けることになるのだろうか。

――そんなバカな……。

毒気を抜かれて、香椎は絶句した。

荒屋敷は、苦笑していた。

「わかった」

「香椎も連れていきます？　それとも、かばってみます？」

松本の目が、面白そうに笑う。

「ぼくの弾劾裁判のが、おまえには大事だろ。大事の前の小事、って言葉には二通りの解釈があるようだが、今回は弾劾裁判を前に、香椎の件は見逃すということで」

「やっぱり、かばうんですね」

くすりと松本が笑った。

荒屋敷とともに準備室を出ようとする前に、松本は香椎の前で足を止める。

「残念。――アイドルの白い肌を引き裂いてみたかったのに」

冷たい目だった。

荒屋敷も冷ややかな目をするが、それとは質が違う。

冗談などまったく通じそうもない、残虐《ざんぎゃく》な処刑人の瞳だ。

ゾクッと背筋が冷たくなった。松本なら、あの鞭を平気で振るうのかもしれない。

凍りついた香椎を、松本はねめつけた。

しかし、かすかな笑い声とともに顔をそらす。

そのすぐあとに、香椎の頭を撫でたのは、荒屋敷だった。

「——心配ない」

たった一言だ。

あれから初めてかけられた優しい言葉だった。

それだけで、不意に涙がにじみそうになる。

荒屋敷の、一挙一動に振り回されていた。視線ひとつでうろたえるし、言葉ひとつで泣きそうになる。

「……待て……よ」

松本が怖かった。彼が所属している懲罰委員会も、得体が知れなくて怖い。

それでも、どういうことなのか、知りたくてたまらなかった。

身体の呪縛を解《と》き、ぎゅっとまぶたを閉じて、涙をぬぐう。たったそれだけの隙に、二人の姿は生物室のドアから消えてしまった。

「待ってってば……！　説明しろよ……！」

自分だけが蚊帳《かや》の外だ。

香椎があわててドアにたどり着いたときには、二人はどっちの方向に消えたのかわからなくなっていた。

——裁判って、俺のせいかよ？　ビデオテープを盗み出した俺をかばおうとしたから？

ドアにもたれかかりながら、香椎は思う。

荒屋敷のことが、よくわからなかった。

見逃そうとしてくれたのは、香椎と関わりたくなかったからではなかったのだろうか。

——自分が罰をあたえられるほどなのに？

ぞくっと背筋が凍りつく。

ますます、わからなくなるばかりだ。

「——青木青木！　弾劾裁判って知ってる？　懲罰委員の」

教室で青木をつかまえた香椎は、息せき切って尋ねた。

生物室の事件のすぐあとだ。

「どうしたのさ」

襟首をつかまれた青木は、不思議そうに香椎を眺めた。ちょうど帰ろうとしていたところらしい。

「――なんか、面白いネタでも仕入れたわけ？」

「事情は秘密なんだけど、大変なんだ。弾劾裁判って、すごく怖そうな名前なんだけど、拷問とか、火あぶりとか、鞭打ちとか、首切ってどっかにさらすとか、そんなことするんじゃないよね!?」

「は？」

「だから！　弾劾裁判を受けることになった人は、痛いこととかされないよね？」

「……裁判って言うくらいだから、大丈夫なんじゃねーの？　俺。ちょっと用あるんで」

青木は無責任なことをつぶやくと、香椎の手をすり抜けようとした。

しかし、ここで逃がすわけにはいかない。

香椎は青木の制服のすそをぎゅっとつかんで、つめよる。

「どこ行くんだよ！」

「へ？　ちょっと、校舎の中ぶらつきに」

「青木はクラブだって入ってないし、今日は塾の日でもないだろ」

「そりゃそーだけど」

「だったら、もうちょっとつきあってくれてもいいじゃん！」

荒屋敷が弾劾裁判を受ける、ということを相談できそうなのは青木ぐらいだ。校内の裏事情にも詳しい青木を逃がしてしまったら、あてもなく校舎をうろつくしか方法はない。

いつにない香椎の気迫に、青木はたじたじになった。

「……帰るんなら、絶交するからな！」

「へ？」

「これからノートも見せてやらないし、お昼だって一緒に食べないんだから。教室移動のときも、青木置いてさっさと行っちゃうからな！」

「……おまえさ」

あきれた顔で振り返り、青木はやれやれ、と首を回した。

「それが脅し文句になると思ってんの？」

「……思ってる」

脅し内容はともかく、表情にだけは気迫をこめて、香椎は言った。

こんなところで協力してくれなかったら、青木は親友じゃない。

絶体絶命のピンチなのだ。

「ま、……しゃーねーか。ゆずちゃん相手だからな。一緒におべんと食べれなかったり、一人でトイレ行ったりするのはサビシーから、ちょっとだけ時間を取ってやるけど」

からかうように言って、青木はすぐそばの机にどっかりと腰を下ろした。

「ま、とりあえず話してみな。その代わり、体育の短パン、俺に譲れよ」

「そんなの、どーすんだよ」

疑うように、香椎は上目遣いで青木を見た。

青木はからからと笑う。

「ん。匂いかぐ。顔押しつけて、思いきり深呼吸する」

「……ま、まじ？」

「マジなわけねーだろ」

青木はケッと鼻で笑った。

「相談料だ、相談料。……知り合いの先輩が、おまえの短パンをこよなく欲しがっててさ。いくらで売り飛ばしてやろうかと思って」

「……短パンぐらいなら」

香椎はしぶしぶうなずいた。

パンツよりも、今は荒屋敷のことが心配なのだ。

ACT・5

荒屋敷は、周囲にずらりと並ぶメンバーを見回した。

学園の地下にある、コンクリート打ちっぱなしの空間だった。教室ぐらいの広さはある。

荒屋敷は、その中央の一段高いところに立っていた。

そこに被告として立たされたのは、初めてだった。

天井から、強いピンライトが荒屋敷を照らしている。

まぶしくて、ほかの懲罰委員の顔は見えなかった。

弾劾裁判をつかさどるのは、監査委員長だった。参加しているのは、懲罰委員と監査委員長だ。

弾劾裁判で有罪か無罪かを決める採決権は、監査委員だけにある。

「懲罰委員長、荒屋敷直道の弾劾裁判を、ただいまから始める」

重々しく、監査委員長の声が響いた。

監査委員長もこの学園の生徒だ。学ランの上に黒のマントをまとったシルエットだけが、荒屋敷の位置からは見えた。

懲罰委員に監査委員のメンバーが知られないように、監査委員はみなマスクで顔を隠しているようだ。

「被告の直接の罪状は、先日処分になった渡辺教諭の指示の元、生物準備室に忍びこんで証拠物件であるビデオテープ四本を持ち出そうとした香椎柚実の行動をそのまま見過ごそうとした件。——間違いないか、松本幸人《ゆきと》」

「間違いありません」

松本の声が闇のどこかから答えた。

「では、荒屋敷直道が、香椎柚実の行動を見過ごそうとした理由を探るために、荒屋敷直道の最近の言動から確認する。——荒屋敷直道の最近の懲罰ターゲットは、香椎柚実。懲罰期間は、十月二日から、十一月二十四日までの五十一日間。懲罰委員会から提出されている、『香椎柚実の懲罰行動について』の報告書を元に、話を進める。香椎柚実の懲罰の理由は『容姿と言動によって校内の風紀を騒乱させている』罪だというが、そもそもこれは妥当か」

監査委員長の問いかけは、監査委員に向けたものだった。

監査委員の数人が、意見を述べるために立ち上がる。

荒屋敷のところからは、やはりシルエットでしかわからなかった。

「――妥当ではありません」

「しかし、今までの懲罰委員会の懲罰パターンからしたら、それもありでは」

「わざと誘ってるならともかく、香椎の場合は、周りが勝手に……」

「それでもやはり、風紀のためには――」

肯定否定さまざまの意見が一通り出たあとで、監査委員長が、さっと片手を挙げる。

途端に、騒がしかった監査委員席が静まった。

監査委員長が、重々しく唇を開いた。

「結果論から言おう。懲罰委員が動いて、校内の風紀はよくなったのか、否か。香椎柚実は目立たない一般生徒になったのか、否か」

「問題のすり替えだ！」

そんな声が上がったのは、懲罰委員席からだった。

監査委員長がそちらを見たが、それ以上声は続かない。

監査委員長は、荒屋敷のほうに身体の正面を向けたようだった。

「答えは、否、だ。香椎柚実は懲罰委員による懲罰を受けても、なんら校内の風紀を乱さないほうへと変わったわけではない。むしろ、彼をめぐる騒ぎは日々激しくなっているとさえ言える」

「しかし、仕置きを受ける代わりに、渡辺教諭の処分に関する手伝いをしたのだ」

懲罰委員席から、また声が飛んだ。

さっきとは別の声だった。

懲罰委員と監査委員が接触することはめったにない。

荒屋敷をかばっているつもりなのかも知らないが、監査委員側に反目を覚えている懲罰委員もいるらしい。

「その取引については、承知している」

監査委員が、報告書を手にして懲罰委員席に示した。

「渡辺教諭から情報を聞き出すために『しかるべき訓練』をほどこして送り出した、と。この『しかるべき訓練』の内容を、具体的に話してもらう必要があると思うが」

荒屋敷は、苦笑した。

ライトの強い光のために、視界はほぼ真っ白だ。

こんなところに長くさらされていると、ここにいるのは自分だけのような気もしてくる。

自分が会話を交わしている相手が血肉を備《そな》えた存在であるのかさえ、信じられなくなってくるのだ。

——もういいか。

そんな思いがあった。

懲罰委員になって、三年。学園の風紀を守るために、任務には忠実にやってきたつもりだった。

だけど、引退間際になって、今までのような処理方法では対応できない相手に出会ったのだ。

『おまえも、松平学園へ入れ』

祖父の、弱々しい最後の言葉を思い出す。

この学園で過ごした青春時代が一番幸せだったと、人生の終わりに語ってくれた。

昔は全寮制だったという。寝起きを一緒に過ごし、酒盛りをしたり、朝まで怒鳴りあうような討論をしたり、ひたすら熱気のあふれる場所だったようだ。

祖父の語る学園の、ツタの這うレンガの校舎は戦争で焼けてしまった。

時代とともに校風も変わり、それでも生徒自治の原則と影の任務としての懲罰委員の存在だけは代々受け継がれている。

――でも、もういいか。

そう思うこともあった。

願っていたのは、全校生徒の幸せだ。自由な校風の中で、人生の最高のときを過ごす彼らの手助けをしたいと思っていた。

羽目をはずしやすい年頃だから、一定の歯止めは必要だけれども、だけど、だんだんと自分の任務がわからなくなってきていた。守るつもりが、罰している。傷つけている。

懲罰委員の存在意義がわからなくなっていた。

特にそれを感じたのが、香椎との関わりにおいてだ。

——ぼくを恨んでいるのかもしれない。

苦々しい思いがある。

監査委員が指摘したように、香椎を懲罰する必要はなかったのかもしれない。気になったから、かまってみる。自分に気をむけようといじめてみる。そんな最低の部類のアプローチではなかっただろうか、という自問がある。

懲罰する、というのは言い訳で、香椎との接触を望んでいたのかもしれない。すがるように見上げてきた澄んだ瞳を思い出す。いっぱいに涙をためて見つめられて、何度きつく抱きしめてしまいたかったか、わからない。

任務を忘れて私情のまま突っ走ってしまいそうで、それが怖いと自分をごまかしていた。ことさら香椎を避けたのは、彼に夢中になりそうだったからだ。

懲罰委員という立場では、懲罰対象と仲良くすることなどできない。懲罰の処分がすんだあとも、卒業まで個人的な接触は禁じられている。

──だから、逃げようとしたのだ。

自分に都合のいいことしか、考えていなかった。

そろそろ潮時なのかもしれない。

もうこれ以上、自分を偽って懲罰委員を続けられない。

懲罰委員を降りるのは、簡単なことではない。ましてや、弾劾裁判で裁かれたあげく、退学処分になるかもしれない。

だけど、それも受け入れる覚悟だった。

香椎の、泣き出しそうな顔を思い出す。自分の勝手で振り回し、ずっと避けつづけることで傷つけてしまった。

──いまさら、許してもらえるなんて思ってないけど……。

香椎なら、きっとすぐに立ち直るだろう。たぶん、その強さは持っている。

今度は、香椎を傷つけた罰を自分が受ける番だった。

荒屋敷は、大きく息を吸いこんだ。

香椎には伝えられなかったけれども、そのときの自分の想いを全部話してしまいたい。

正しく伝えて、正当な罰を受けることで、せめてものワビにするつもりだった。

『しかるべき訓練』とは――」

内容から、そのときの思いまでを思い出して、口に出していく。

まぶしい光の向こうに、いつしか香椎の顔を思い浮かべていた。


「入れる？　こっちにこられる？」

狭い隙間に這いずりながら、青木がささやいた。

「……ん。……何とか……っ」

香椎も、ほこりまみれになって返答する。

迷路になった学園地下の、さらなる謎の空間だった。

青木がどこかから手に入れてきた青焼きコピーのようなボロボロの見取り図は、香椎には解読できなかった。

青木に先導されるままに、どんどん妙なところにもぐりこんでいったのだ。

――このまま迷ってしまったら、二度と校舎の中から出られなくなったりして。

学園の怪談の中には、校舎の中を永遠にさまよう霊の話もある。彼らの仲間入りをするのは絶対にいやだ。

もぐりこんでいるのは、三メートルぐらいしか高さのない、狭い空間だった。天井裏なのか、床下なのかもわからない。足元は埃がうずたかく積もり、配管が無尽に走っていた。真っ暗な中を進むための命綱は、マグライトだけだ。校舎の中に、こんな怖いところがあるなんて思ってもいなかった。太い配管をまたげなくて、香椎は苦戦する。

「ほらほら。……がんばれ」

青木が近寄ってきて、手を貸してくれた。

マグライトを向けられて、香椎はまぶしさに目を細める。

ぐるぐる歩き回って、方向感覚は完全に失われていた。

「……どこ向かってるわけ？」

「弾劾裁判の開かれている会場に行きたいんだろ？」

「わかったのか？」

「そりゃあね」

青木は、得意そうに鼻のあたりをかいた。謎めかせた笑みを見せる。

「――実は俺、懲罰委員だから」

「冗談だろ？」

「懲罰委員じゃなかったら、どうしてそんなことまで知ってると思うわけ？」

マグライトの明かりの中だけで見る青木は、いつもよりずっと大人びて見えた。

――まさか……。

香椎は、まじまじと青木を見返してみる。

――でも、もしかしたら……？

そんな可能性もあるのだろうか。

懲罰委員のことに詳しかったし、弾劾裁判の開かれている会場まで知っているのだ。

――でも……。

やっぱり、そうだとは思えなかった。

全体的な雰囲気が違う。懲罰委員の持つ超然とした雰囲気は青木にはなく、やっぱり人間くさくて人のいい顔をしていた。

「バカ。信じるなよ」

いたずらっぽく、青木が笑った。

「ウソ？」

「まんざらウソってこともないけど。一応、関係のある任務というか、なんというか」

「関係って？」

「監査委員っていうの。懲罰委員のお仕事内容が道に外れてないかどうか、調べ上げるお仕事。ちなみに俺は、香椎柚実づき専門」

「なんで？」

「……なんでって言われてもなー。ほら、車の往来が激しいところに警官がいたりするじゃん。あんな感じだと思ってもらえれば」

よくわからないながらも、香椎は唇を尖らせた。

「じゃあ、俺の親友になったのも、任務だから？」

「——そう思う？」

にっこりと青木が笑う。

なんだかいろいろ信じられなくなって、香椎はじっと青木をにらみつけた。

「バーカ」

くしゃくしゃと、でかい犬相手みたいに髪をなでられる。

「疑うなよ。秘密まで話したことがバレたら一大事だっていうのに」

青木は手を伸ばして、香椎を太い配管の向こうに誘導した。

そこには、通気孔がある。向こうから、かすかに光がもれてくるようだ。

「この下で、弾劾裁判が開かれることになってる。気配殺して、じっとしてな。内容はわかるから。終わったら、迎えにきてやるよ」

「……でも……」

声を聞くことしかできないのだろうか。

荒屋敷が危機に陥っても邪魔もできないなんて、どうにかなりそうだ。

「大丈夫だよ。だいたいのことは、俺と監査委員長の間で打ち合わせがすんでるから。……心配するようなことは何もないと思うぜ」

こんなときの青木は、なんだか頼りがいのある顔をしていた。

「それって、罰も何も受けないってこと？」

「たぶん。……議事の進行にもよるから、絶対とは言えないけどね」

青木は、マグライトを腕時計に向けた。

「やべっ。そろそろ行かなきゃ。……ま、何かあったら、そこで大騒ぎすれば、下にまで聞こえると思うんで。ここには、ネズミとか、蛇とか、幽霊とかは生息してないと思うけどね」

「あっ、ちょっと……！」

立ち去ろうとする青木のそでを、香椎はぎゅっとつかまえた。

驚きでいっぱいだけど、温かいものが胸に広がっていく。

「……その……いろいろ……ありがとな、青木」

青木は、にっこりと笑った。

「パンツの件、忘れんなよ」


香椎は下から聞こえてくる会話に耳を済ましていた。

ガランとした空間に反射しているように、下からの声はやけに響いている。議事を進める監査委員長の声もほかの声も、演劇の心得があるのかと思うほどハリがあって、ほぼ聞き取れた。

荒屋敷は、『しかるべき訓練』の中身について、しゃべっている。

『直腸粘膜を指で刺激し、拡張したのちに、男性器を挿入して摩擦する』などと伝えられると恥ずかしくもあったが、医学的な処置に聞こえるから不思議だ。

「その『しかるべき訓練』に、あなたの個人的な欲望は含まれていませんでしたか」

監査委員長の声に、香椎は天井裏で飛び上がった。

通気孔に、さらに耳を押しつけた。かがみっぱなしだから背中や腰が痛い。

だけど、そんなのも気にならないぐらい、荒屋敷の答えが知りたくてたまらなかった。

「含まれていたかもしれませんね」

荒屋敷が、静かに答えた。

しばらくの息詰まる沈黙があったのちに、荒屋敷は口を開く。

「……たぶん、香椎柚実と直接言葉を交わしたときから、ぼくは彼のことを普通にあつかえなくなったのかもしれない。抱くともう止まらなくて。……私情は交えてはいけないと思いつつも、もうどうしようもなかった。本気で、抱きたくなってた」

——ウソ……っ！。

香椎は、信じられない思いでその告白を聞く。

——やっぱ、俺の身体にめろめろになってたのかよ……？

香椎は身体をさらに乗り出した。

どんな顔でしゃべっているのか、知りたくてたまらなかった。通気孔から声しか聞こえないのが、まどろっこしくてたまらない。

「必要がないのに……キスをしました」

荒屋敷の、苦笑まじりのような告白が聞こえてきた。

香椎も、荒屋敷と交わしたキスを思い出す。『合格だよ』といわれて、キスされたあのとき、香椎は有頂天だった。

そのすぐあとに、道具のようにあつかわれるとも知らずに。

「香椎柚実が渡辺教諭に接触する任務のほうには、私情は混じらなかったのかな」

監査委員長が、たたみかけるように尋ねていた。

——私情など、混じってるわけない。

香椎は荒屋敷より先に、頭の中で答えた。

生物準備室で香椎を見つけて、逃がしてくれるまでの荒屋敷は、切なくなるほど冷たかったのだ。

「渡辺教諭への接触任務の最中、なんど邪魔しようかとしたか、数え切れませんね」

荒屋敷の語尾に、自嘲するような響きが混じった。

「渡辺教諭に香椎が押し倒されているのをマイクで拾っていて……。ぼくの名を呼ぶのを聞いたとき、もう……我慢できませんでした。そのまま最後までさせるのを、黙って見守るのが任務であるはずなのに、途中で中止させることを決断しました」

——そんな……。

香椎は、息を詰める。

渡辺に押し倒されていたときに、きてくれたのは理事長だ。荒屋敷も裏で手を回してくれていたらしいが、完全に見捨てられた気分でいたのだ。

「途中で中止させたあと、どうしましたか？」

「もうこれ以上、香椎柚実と顔を合わせられない。そう判断し、香椎柚実を任務から降ろしました。それからは、もう接触しないつもりでした」

「それは、なぜですか」

監査委員長の声に、香椎もドキドキして答えを待つ。

もう自分のことを忘れるつもりだったのだろうか。

とりつくしまのなかった荒屋敷の冷たい表情が浮かぶ。

「──自覚があったからです」

荒屋敷の声が聞こえてくる。香椎はまぶたを閉じた。

「香椎柚実を愛しているかもしれない、という自覚が。彼とその後も任務を遂行することなど、できそうもありませんでした」

──……！

香椎は息を詰めた。

信じられないけど、それでも信じたい気がした。

──そんなのって……っ。

閉じた目の付け根が、ジンとする。嬉しさのあまり、泣いてしまいそうだ。

荒屋敷と、顔を合わせてなくてよかったのかもしれない。直接告げられていたら、驚きのあまり暴れたり殴りかかったり踊ったりして、わけがわからなくなっていただろう。

——愛してるって。俺のこと……。

荒屋敷の言葉が、ゆっくりと胸に染みこんでくる。

それと同時に、涙があふれ出した。

「よろしい」

固いもので、何かをたたく音がした。

「——では、採決のあと、判決を下します」

監査委員長の声は、香椎の耳にはどこか優しく響く。青木にも共通した、ある種の穏やかさを持っているようだった。


香椎は判決を聞く前に、青木に隠れ場から連れ出された。

「ダメだよ、まだ行けないってば！」

「じゃあ、ここでずっとさまよう霊になるんだ？」

マグライト片手に、青木が脅す。

「――もう迎えにきてやんねーからな」

そう言われたら、ついていくしかなかった。

「どうなったの？　判決」

狭いところをくぐりながら尋ねてみても、青木は楽しげに微笑むだけだ。

「明日になれば、わかるから。心配しないでいいよ」

と、それだけだ。脅してもすかしても、口を割ってくれない。

こんなに頑固だとは知らなかった。

――明日、何かあるのだろうか。

家に帰って、ほこりまみれの頭をはたきながら、香椎はいろいろ考える。

いっそのこと、荒屋敷に電話してしまおうか、と生徒名簿を片手に廊下をうろうろする。

そのあげく、風呂場ではのぼせそうになった。

そうこうしているうちに真夜中になってしまって、結局電話もできない。

その夜は、ろくに眠れなかった。

翌日。

学園の校門と裏門が見通せる場所に立った懲罰委員の一人から、荒屋敷の下に携帯電話で連絡が入る。

「――今日は、正門です」

ほんの一言だけだ。

必要以上につるまない懲罰委員同士だから、それだけで用は足りる。

荒屋敷は正門に向かう。

昨日の弾劾裁判の判定は『ある特殊任務を遂行するならば、今回の罪についてはおとがめなし』だった。

荒屋敷は、判決を言い渡したときの監査委員長の暖かな口調を思い出していた。

これからは懲罰委員ではなく、監査委員が学園の賞罰をつかさどったほうがいいのでは、という気がした。飴と鞭での支配、というよりも、法と理性での管理だ。

顔を上げると、朝日がやたらとまぶしく目にさしこむ。

荒屋敷の視界の先でも、同じくまぶしそうに瞬きをしている生徒がいた。

香椎柚実だ。

校門のあたりから始まる「出迎え」の儀式を前に、立ちすくんでけだるげに大あくびをしている。準備体操を始めるところらしい。

「おはよう」

近づいて、荒屋敷は背後から香椎に声をかけた。

声の主に気づいて、びくっとしたように香椎は振り返る。

信じられないように、大きく目が見開かれていく。

「せんぱ……っ」

朝日に透《す》けるようだった白い肌が、薔薇《ばら》のような色に染まった。

「な……っ、なんだよっ！　っていうか、その、おおお、おはよー！」

思いきり、狼狽しているようだ。

荒屋敷はもう少し香椎に近づき、肩を並べた。

「昇降口まで、一緒に行かないか」

会話が交わされているのは、校門のすぐ前の広場だった。

荒屋敷と学園のアイドルの思わぬ取り合わせに、振り返って立ちどまる生徒もいた。

香椎を「出迎え」るはずだった生徒たちも、校門をよじ登ったりして身を乗り出している。

息を呑んで、ことのいきさつを眺めているようだ。

「最初から、こうすればよかったのかもしれないね」

荒屋敷がささやくと、香椎は両手でぎゅっとカバンをつかんだ。

赤く染まったうなじを見せたかと思うと、意を決したようにキッと顔を上げる。

「あ、あの……っ！　わけがわかんないんだけど…っ」

にらみつけてくるけれども、そんな真っ赤な顔をしてたんじゃ迫力に欠ける。

荒屋敷は昨日、自宅に帰る途中に出会った生徒の言葉を思い出した。

『――今日の弾劾裁判、傍聴《ぼうちょう》してた生徒がいるんです。あなたの言葉は全部、伝わってますから』

それだけ言って、彼は姿を消した。

傍聴してた生徒、というのは、香椎のことだろうか。

――たぶん、そうだろうな。

香椎の顔を見てれば、それがわかる。昨日までのふてくされた顔じゃなくて、意識しまくりの顔をしていた。

「ぼくに、新たな任務があたえられたんだ」

荒屋敷は微笑む。

ひどく、穏やかな気分になっていた。

「――アイドルの人気を下げるためには、恋人か結婚ネタが出れば一発らしい。うちのアイドルも、誰か決まった人が出現すれば、『出迎え』についても、校内での騒ぎも収まるんじゃないか、という話になってね」

「決まった……人？」

香椎のまつげが震える。

いつも元気なくせに、こんなときだけおびえたような顔をする。荒屋敷はその身体を抱きしめたくてたまらなくなった。

こんなときには、荒屋敷だって少し怖い。

ゆっくりと深呼吸した。

香椎の顔からまなざしをそらさず、思いのたけを告げてみる。

「立候補してみたいんだけど」

「え？」

「君の恋人に」

香椎の目が、信じられないというほどさらに大きく見開かれた。

「……っ！」

答えはすぐにはなかった。

不自然なほど長く見つめられる。

――え……？

荒屋敷は、かすかに動揺した。

あんなことをしてきたのだから、断られても当然かもしれない。

そのとき、香椎の頬が、ぷくっとふくれた。

「ダメ！」

香椎の答えは、そっけなかった。

「俺以外に、あんなサドでヘンタイの任務なんてやってる男なんて、ヤダ」

「あの任務は、スペシャルだったんだ。……あんなことしたのは、香椎だけ」

「ウソつくなよ！」

「ウソじゃないよ」

「でも……っ、いまさら？」

嗚咽をこらえるように、香椎はぐっと唇をかんだ。

強気一辺倒《いっぺんとう》ではなく、だんだんと泣き出しそうになっているのが可愛い。葛藤《かっとう》でいっぱいなんだろう。

「いまさらかよ？　もっと、とっとと前に言ってもらえないと、予約でいっぱいなんだけど！」

意地っ張りなことを言うくせに、香椎の目はひたむきに荒屋敷に向けられたままなのだ。

こんな態度じゃ、断られてもしつこく粘《ねば》るしかない。

「キャンセル待ちはできないの？」

荒屋敷は微笑み混じりに申し入れてみた。

「できるはず…ないだろ……っ」

さらに、香椎の頬がふくれる。

じっとにらみつけられた。

何度も瞬きをして、にらみつけるように必死の形相《ぎょうそう》で見つめてくる。そんな香椎を、荒屋敷は抱きしめたくてたまらなくなった。

腕を伸ばそうとした途端、香椎がぶつかる勢いで抱きついてくる。

「……っ！」

「バカバカバカ！　おまえなんて、……なんだよっ、もう……知らないんだから……っ」

一瞬後ろに押されたけれども、荒屋敷は香椎の身体を抱きしめようとした。

それより先に、香椎に制服の襟元をつかまれ、ぐっとねじあげられる。

「――言えよ！」

脅迫するように、香椎が言う。

「ちゃんと、直接！　恋人に立候補したいなら、伝えるべきことがあるだろ！」

強気なくせに、涙がにじみだしそうなのが可愛い。

きっとここが校門前だってことも、大勢の生徒に見られてるってことも、香椎の頭からは吹っ飛んでいるのだろう。

荒屋敷は、甘く微笑んだ。

たぶん、欲しいのはこの一言だ。

香椎と頭の位置を合わせるようにかがみこみ、顔を寄せて微笑む。

「好きだよ」

そのあとに、甘い吐息ごと唇を奪う。

「……っ」

きゅうぎゅう首を締めつけながら、香椎も唇を合わせてくる。そんな懸命《けんめい》な姿が、たまらなく可愛かった。

「おおっ！」

「おおおお……！」

「とうとう……っ！」

校門のあたりに、鈴なりになった生徒がどよめいた。

キスを終えたあとに、香椎が真っ赤な顔で宣言した。

「任務は関係なく、本心から志願するんだったら、……送り迎えを許してやってもいい」

「送り迎えだけ？」

荒屋敷はねだるように、香椎の顔をのぞきこんだ。

誰にもはばかることなく、香椎に愛を伝えられるのが嬉しくてたまらない。

とことんまで、つけあがりそうになる。

腕の中のほっそりとした身体を抱きすくめながら、唇のあたりでささやいた。

「本気の恋人同士なら、学校以外でも会ったりデートしたりするだろ？　そっちにも、お許しが欲しいな」

「贅沢《ぜいたく》言うなっ！」

香椎はぷっと頬をふくらませた。しかし、思いきったように荒屋敷のあごに手を伸ばしてくる。

真っ赤だ。どれだけの目に見守られているのか、意識する余裕はまったくないらしい。

「……でも、キスだけなら、許してやる」

背伸びをして、ぎゅっと抱きつかれる。

二度目のキスは、香椎からだった。

二人が校内公認のカップルになってから、一週間が経った。

成立した当初は大騒ぎだった校内も、だんだんと落ち着きを取り戻してきつつある。

香椎一人では到底防げなかった「出迎え」の人々も、荒屋敷にぴったり寄り添われていれば二メートルより近くには寄ってこない。

よっぽど荒屋敷に真顔でにらまれると怖いらしい。

「もっと早く、そうすりゃよかったんだよなー」

机に眠そうに伏せながら、青木がのんきに香椎に話しかけた。

「考えてみれば、ぴったりのカップルっつーか。猛犬注意ってんじゃないけど、荒屋敷先輩の恋人ってなったら、下手なやつは近づけねーし」

「でも、もうじき卒業しちゃうぜ、三年だから」

「卒業後一年ぐらいは、荒屋敷先輩のご威光《いこう》は続くと見てるけどね。なんつーの、残り香《が》っつーか、そういうような？」

昼寝するようにカバンを枕にしながら、青木は大きくあくびをした。

まだ帰らないってことは、何か任務があるのだろうか。

うららかな空気をまとっている青木は、あの日以来、一切裏の顔など見せない。

そんな青木が、ふと上体を起こした。

「お迎えだぜ」

言われて振り返ると、ドアのところに荒屋敷が立っていた。

香椎はカバンを持って、はじかれたように立ち上がる。

「遅かったじゃん」

駆け寄ると、荒屋敷が微笑んだ。

「引き継ぎの下準備があってね」

「何の？」

荒屋敷は声をひそめて、甘くささやく。

「懲罰委員長。……そろそろ時期だし。いつまでもやっていると、時間も取れないし」

「やめるの？」

「特殊任務に専念することにしたんで」

荒屋敷の言う『特殊任務』とは、香椎とのおつきあいのことだろう。

香椎の手からカバンをつかんで、代わりに持ってくれる。

エスコートするように、空いている右腕を差し出した。

香椎は、そっと腕に腕を巻きつける。

校内でいちゃついているみたいで恥ずかしいけれども、荒屋敷によれば『最高の虫除《よ》け』のためのアピールとして、必要なんだそうだ。

――なんかさ、こういうことする人だとは思わなかったけどな。

クールでミステリアスな荒屋敷先輩が、下級生と腕を組んで歩いているなんて、一週間前までは誰も思いつかなかった風景だろう。

一緒にいるだけで、嬉しい。密着すると、もっと嬉しい。

――もっと匂い、つけとこうかな。

連れ立って昇降口に向かいながら、香椎は荒屋敷の腕にそっと頬をすり寄せた。

荒屋敷の家は、電車に乗らずに歩いていけるところにあるらしい。いつも、荒屋敷は香椎を駅まで送ってくれる。

駅が近づいてくると、残り短い時間が惜しくて香椎の足はゆっくりになった。

校内を出るのと同時に、密着した腕は離している。荒屋敷は平気みたいだけど、香椎が恥ずかしいからだ。

だけど、あともうちょっと慣れたら、チャレンジしてみてもいい。制服姿の男子高校生二人の仲良しすぎる姿に、世間からどんな反応があるかわからないけれども。

すぐ横に並んでいるから、手と手が触れ合うぐらいの距離だった。

——え……と。

香椎は、ちらりと荒屋敷を見上げる。

今日は金曜日だ。

土曜日も日曜日もお休みの週だから、デートに誘ってみたい。

「あの……さー」

「……ん？」

ドキドキしながら、荒屋敷の革靴の先を眺めた。

「いつも、休日とか、……何してんの？」

「柚実は？」

するりと交わされた。

香椎はすねたような上目遣いで、荒屋敷を見た。

「俺じゃなくて、先輩のこと聞いてんだよ！」

まだ、照れがあって『先輩』としか呼べない。身体から最初にできてしまったけれども、普通の恋人同士みたいに、ちょっとずつ仲良くなっていってるようなくすぐったさがあった。

荒屋敷は、かすかに笑った。

「くる？」

「えっ」

「これから。……どうせうち、今日は誰もいないし」

ドキリ、と心臓が音を立てた。

家の人がいない恋人の家に行く、というのは、そういうことなのだろうか。

「こら」

荒屋敷が、くしゃ、と香椎の髪をなでた。

「いけない想像したろ」

顔が真っ赤にのぼせたようになっていた。

頬も耳も赤く染めていては、否定することもできない。

「……してないよ！」

「じゃあ、うちきてどうすんの？」

「えーと。先輩の部屋見たり、ご飯食べたり、一緒にテレビ見たりする」

「それだけ？」

荒屋敷が笑った。

後頭部をつかんで、抱きよせられる。

「ぼくは、もっとすごいことしちゃおうと思ってたのに」

「……行く」

消えそうな声で答えてから、香椎は一瞬遅れてさらに赤くなった。

想像してみただけで、頭がぼーっとしてくる。身体をまさぐる荒屋敷の手のひらの感触を思い出していた。

「悪いコだね」

くすっと笑って、荒屋敷が香椎の髪をなでる。

だけどそのすぐあとに、さらりと付け足された。

「そういうとこも、好きだけど」

唇が寄せられてくる。

路上で、触れるだけの軽いキスを交わした。

学校に行くのとは違う方向を歩いていくと、ビルや国旗を飾った大使館や国際協力の活動をする団体などが点在するあたりになる。

——こんなところ、どんな人が住んでるのかな。

学園の校庭から見えるあたりのマンションを見て、ぼんやりと考えていたのだが、荒屋敷はそこら辺の住民らしい。

そこそこの敷地を持った、三階立てのビルだった。

立て直したばかりらしく、現代風のコンクリートの建物だ。

「すごいね」

リモコンで車庫を開け、中に入っていく荒屋敷のあとを追いながら、香椎はつぶやく。

一坪いくらなんだろう、と庶民的な発想をしてしまう。

「……昔っから、ここに住んでるだけだよ」

こともなげに荒屋敷は言い、三階の端にある自室まで案内してくれた。

なんとなく、荒屋敷っぽい部屋だ。

白い壁に、黒い木材をところどころ取り入れた、しゃれた内装だった。家具は海外のものらしい高級なもので、きれいに片付けられている。

親が回収するまで、シャツや靴下など脱ぎっぱなしのぐしゃぐしゃの自分の部屋を思い出すと、自分の家には荒屋敷を呼べない気がしてきた。

「きれいにしてんだね」

どこに座ったらいいのか、わからない。棒立ちになったままつぶやくと、荒屋敷がカバンを置いて、ベッドに香椎を誘った。

「ほら。こっち」

ほかにも座る場所はあったけれども、ドキドキしながら香椎は荒屋敷の隣に座った。

少しずつ鼓動が早くなっていく。

いきなりだと心の準備ができてないよ、という狼狽と同時に、早く抱きしめてもらいたい思いもある。

「何時までに帰らなきゃ、いけないの？」

「九時くらいかな」

「シャワー浴びる？」

荒屋敷の手が伸びてきて、香椎の髪をなであげる。

「訓練」から、もうだいぶたっていた。荒屋敷とやるのは久しぶりで、緊張と期待が混じっている。

「……本当に、家の人帰ってこないの？」

この部屋に来るまでに、きれいに掃除された家の中では誰とも出会わなかった。

「大丈夫だよ。邪魔なんて入らないから。もし帰ってきたら、恋人だって紹介するだけだし」

荒屋敷はいたずらっぽくささやく。

「本気？」

「……さぁ？」

笑うと、瞳が優しい形になる。じゃれるように抱きしめられて、頬に軽く唇を押し当てられた。

「……一緒に浴びようか」

低くささやかれて、ぞくっとした。

まだ、荒屋敷も制服を着たままだ。

服越しに抱きしめられるだけでも、気持ちいい。

抱きしめられるのが、こんなに幸せだとは荒屋敷とのことがあって初めて知った。

「……うん」

真っ赤になりながら、香椎はうなずく。

そのままベッドに押し倒され、軽く愛撫されながら服を全部脱がされたのだった。

使ったのは、三階のバスルームだ。

一階にも大きなバスルームがあるというのだが、三階のは機能的なユニットバスだった。

「まずは、洗ってあげるね」

浴槽の中に二人で入り、向かい合うように立った。寒くないように湯を張りながら、荒屋敷が手のひらにたっぷりとボディソープをしぼりだす。

「……っ」

荒屋敷の手のひらで素肌に触れられるだけでも、香椎はハッと息を詰めた。

服を脱がせられながら、乳首を軽く愛撫されている。

敏感になった場所が、もっと甘美な刺激を欲してうずき始めていた。

スポンジなど使わず、直接手のひらでぬるつきを肌に広げられる。大きな手のひらが肩のあたりをなぞり、そのまま胸元をかすめていく。

びくっと身体が震えた。

薄暗くしてもらった部屋の中と違って、バスルームはあまりにも明るい。どこを見ていいのかわからなくて、荒屋敷の顔を眺めていた。

「う……っぁ……」

ぬるつく指先で、乳首を集中的にいじられる。乾いたときよりも、より細かく快感を伝えてくるようだった。

円を描くようになぞられ、乳首のまわりに白く泡が立つ。その泡を指先ですくわれ、尖った部分になすりつけられた。

「……っは……っ」

ずくん、と下肢までもがうずいてくる。乳首をなぶられるのに連動したかのように、隠しようもない性器が勃ち始めているのがわかった。

どうしよう、と迷うように、荒屋敷の顔を見上げる。荒屋敷はかすかに眉をあげて、楽しげに唇をほころばせた。

「どうしたの？」

きゅっとつまんだ乳首をひねられる。

「あ……っ！」

「感じる？」

瞳を細めたいたずらっぽい顔で、荒屋敷はクスクス笑っていた。

「――もっと、いっぱい感じていいよ」

その言葉で、感じるのはいけないことじゃないんだとわかる。

だけど、恥ずかしいものは恥ずかしい。自分でもうろたえるほど、感じてしまうのだ。

荒屋敷の器用な指先は、なめらかに泡を広げていく。

あっという間に乳首はすごく硬く尖った。指先につぶされるたびに、じわりと切ないようなうずきが性器まで伝わっていく。

「つまんでもらうの、好き?」

荒屋敷の指先は、今まで触れられてなかったほうの乳首にまで伸びる。

「……好き……」

消え入りそうな声でつぶやくと、荒屋敷は両方の乳首をつまもうとした。

だけど、たっぷりと塗りつけられたソープが荒屋敷の指先をすべらせる。

何度もひっぱられ、そのたびにぬるんと逃げていく乳首は、たまらない快感をあたえた。

「……っあ、……っん、ん……っ」

じれったいような甘酸っぱい快感が、性器から腿の上や膝のあたりまでわだかまっている。膝が震え、体内を鋭い快感が何度も貫いて、立っているだけでやっとだ。

肌が熱くなっていた。

体内に満ち始めている快感のために、もじもじと足の内側に力が入る。

乳首をいじるのをようやく許されるのかな、と思ったけれども、荒屋敷はまたさらに手のひらにソープをからめた。

「ひっぱられるのと、ねじられるの、どっちが好き?」

左の乳首をひっぱり、右の乳首はねじりながら尋ねてくる。

ぬるぬるの状態だから、ひっぱられても痛みはない。

むしろじれったいほどで、ねじられるときのきゅんと乳腺の奥が切なくなるような刺激がたまらなかった。

「両方……好き……っ」

頬を赤く染めながら答えると、荒屋敷が笑った。

「じゃあ、両方してあげるね」

香椎がろくに立っていられないようなのを察して、バスタブの縁に腰かけさせてくれる。

そのついでに膝あたりまでたまっていた湯をいったんとめる。

この濃厚な愛撫が続いていたらのぼせそうだから、ちょうどよかった。

手のひらで、胸全体を包みこまれる。マッサージをするように、乳首を中心にして手のひらいっぱいを揉まれた。

荒屋敷の手のひらに硬く尖った乳首が押しつぶされ、ぞくっと身体の芯まで快感が走る。

さらに手のひらをそのままの状態で小刻みに上下に動かされ、じわり、と性器の先端に蜜がにじんでいくのがわかった。

「……っん……っ」

すごく、感じていた。

小さな部分だけの愛撫なのに、乳首から送りこまれる快感に、全身が溶けてしまいそうだった。

快感の中心だった乳首を、またつまみあげられる。じーんとしびれるようなところを軽く爪を立てるようにひっぱられ、さらにきゅっとねじられた。

「……あ……!」

びくっと膝がはねた。

片手で乳首をいじりながら、荒屋敷の手は下腹のあたりに忍びこんでいく。

柔らかな腿の内側を付け根のほうまでなぞられ、反対側も同じようにされる。ぎりぎりまで敏感になった身体は、それだけでもぞくぞくとしびれるような気がした。

「きれいに、洗っとこうか」

ささやきと同時に、手がペニスを柔らかく包みこむ。

指をからみつけられ、根元から先端のほうまでなぞられた。

泡をなすりつけるような愛撫は、今までのものとはなんだか違っている。指先を細かく動かされ、白く泡を立てられながら、すみずみまで洗いたてられていく。

すぐにそこは、硬く勃った。

形や、皮の襞をひとつひとつなぞるように、指先が小刻みに動いた。先端からとめどなくあふれ出す透明な液体が泡に混じり、そこの粘度が上がっている気がする。

「……っ、あ、あ、……っん、はぁ……っ」

快感を直接あおりたてる、強い刺激があった。ぐい、としごかれるたびに、膝にまで力が入る。びくびく震える上体を支えるように、胸に置かれた指は乳首をつまんだままで、親指の腹が突起部分を柔らかくなでている。

「……っだめ……っ、洗うだけ……だって……」

まだ、始まったばかり、という感覚がある。

なのに、最初っからこんなに感じてしまっては、このあともたない。

——どうせだったら、最後までやりたいじゃん。

そんなことを考えてしまうのは、エッチなんだろうか。

「——っん……っ」

ペニスに触れていた指先が外れ、袋のほうまで洗われる。微妙に特殊な快感のあるそこをやわらかくいじられると、足の指先までにピンと力が入った。

「そこ——ダメ……っ」

慣れない快感に、香椎は涙まであふれさせそうになる。

足の間にかがみこんだ荒屋敷の肩に腕をつっぱって、哀願してみた。

「……じゃあ、ここはまだ今度、開発しようか」

ささやかれて、香椎はコクンとうなずいた。

最初は痛いような、それでも気持ちいいような、変な快感のあるところだ。いずれは、そこに触れられるだけでもとめどなく快感を覚えられるようになるのだろうか。

身体が変わっていくことを思うと、少しだけ怖い。

バスタブの縁に腰かけていた香椎を、荒屋敷は手を貸して立たせた。

身体中泡まみれだ。

だけど、まだ一番恥ずかしいあたりは洗ってもらっていない。

「立ってられる?」

荒屋敷が、尋ねてくる。

けっこうつらかったけど、香椎はうなずいてみせた。

荒屋敷はバスタブに膝をついたまま、片手を香椎の股間にくぐらせた。

正面から、足の付け根を狙ってくる。

「ここも、ちゃんと洗っておこうか」

ぬるつく指が、入り口をつついた。

反射的に、くっと足に力が入る。その瞬間、指の先が中に入ってきたのをリアルに感じた。

「……っ」

ベッドに寝ているときと違って、立ったまま受け入れる指の感触はいつもとは違う。

両腿に力が入っているために、軽く締めつけるだけでものすごく異物感があった。

指一本だけでも、いっぱいにされているようだった。ここで、前に荒屋敷のあれを受け入れたなんて、今となっては信じられない気さえしてくる。

「く……っふ……ぅ……」

指を根元まで入れられた。中でゆっくりと抜き差しされると、腿やお尻にどうしても力が入った。そのたびに突きあげるような指の存在を感じて、狼狽に泣きたいような気分になってしまう。

「ダメ……っ抜いて……」

頼んでみても、荒屋敷は指の動きをとめてくれない。すぐに指先で感じるあたりを見つけ出され、なぞられる。

「……っ！」

大きく身体が震えた。

感じる、というよりは、熱感に近い。

熱いような痺れが、荒屋敷になぞられたところから性器に流れこむ。足を踏んばって耐えようにも、いじられるたびに感じてしまうのだ。

荒屋敷の手が触れているのは、中だけじゃなかった。

軽くこぶしをにぎった手が、狭間の敏感なあたりを刺激している。袋の裏側を指の関節がつつき、身体がすくみあがりそうだった。

「……つやく……して……」

びくびくとのたうちながら、香椎はやっとの思いで立っていた。

「はや……く、洗い……終っ……て」

「……わかったよ」

荒屋敷のもう片方の手は、腰の後ろに回って双丘の片方をわしづかみにしてくる。ぐい、と狭間を開かれ、二本目の指が沈められてきた。

「……っあ！」

異様な感覚があった。

最初は、すごい異物感だ。

だけど、これが快感になることも身体は知っている。

香椎はつめた息を少しずつ吐き出した。ぎちぎちに詰めこまれた指が、内側から襞を押し開いている。

「……っん……っ」

ゆっくりと小刻みに、中を揺らされた。

中指の先が、感じるあたりに触れていた。まだきつくてつらいのに、その部分を押されると泣きたいような痺れが這いあがってくる。

「……っあ、あ、あ……っん……」

意思とは関係なく、声がふきこぼれていた。

声は狭いバスルームの中で響き渡る。何とか声を殺そうとしても、すすりなくような息づかいは自分で聞いてもいやらしいほどだった。

「……ふ、……っはぁ……っ」

内壁に、親指で触れられているような気もする。二本の指でぎりぎりまでそこを開かれ、外気にさらけ出した縁の内側を、親指が緩慢になぞっていく。

生々しく肉のうずきをかきたてるような感覚があった。

「……や……っそんな……の……っ」

荒屋敷の腰を固定されたまま、香椎はうめいた。

異様な感覚だ。

身体に刻みつけられ、ふとした折に思い出してどうにもならなくなるような、そういう鮮烈な快感があった。

「……もう、十分開いてきたね」

開いた部分に、三本目に指が詰めこまれる。

「——っあ……っ！」

ぎちぎりに貫かれ、中で指が感じる一点をいっせいにひっかいたとき、香椎はたまらずに吐き出していた。

「あ、あ、あ……っあああ……っ！」

びくびくと身体がはねる。

勢いよく飛び散ったものが荒屋敷や香椎の身体を濡らした。

また身体をきれいに洗われて、中もゆすぐときにさんざん泣かされてから、香椎は頭からバスタオルで包みこまれた。

「腰、立たないだろ」

そんなことをささやかれて、ベッドまでお姫様のように抱かれて運びこまれる。

荒屋敷の部屋の、ちゃんとベッドメイクされたベッドのカバーを剥かれて、糊のきいたシーツの上に投げ出された。

かなり、くたっとしていた。

だけど、身体の上に荒屋敷が乗りあげてくると、また心臓が乱れ始める。

脱力しているどころじゃなくて、なんだかドキドキしてくるのだ。

「……休憩……したいな、……とか」

「一回したら、させてあげるよ。二回目の間にね」

「そんなにするつもり……なのかよ??」

「九時に帰るつもりなら、八時にはここ出なくちゃいけないだろ。だったら、そんなにゆっくりしていられない。せっかくだから、フルコースでいただかないと」

真上から見下ろしてくる荒屋敷の瞳は、野生の獣を思わせた。

狼《おおかみ》のような瞳だ。

そんな目で見られると、香椎のほうも火がつく。

どんなひどいことでもされてみたい。身体中の柔らかな部分を、全部食いちぎられてみたいような欲望がこみあげてくるのだ。

荒屋敷の手が、香椎の腕を頭の横に固定した。唇が落ちてくる。

「……っん」

軽く唇をついばまれて、隙間から舌が忍びこんできた。

下肢にまで響きそうなほど、上手なキスだ。唇を半開きにさせられたまま、口の中をすみずみまで侵略されていく。

「う……ッア……」

舌の裏側までつつかれると、たまらず唾液があふれ出した。すすりあげる余裕などあたえられなくて、唇からのどまで緩慢に伝っていくのも快感の一部になっていた。

キスをされているうちに、身体に巻きつけてあったはずのバスタオルはすっかり外れていた。濡れた身体をシーツに投げ出し、香椎はひとつになる瞬間を待つ。

荒屋敷の腕が、足を立たせてきた。

いよいよ、挿入の格好をさせられる。

「入れていい?」

たっぷりとなぶられていたところが、ひくりとうごめいた。

洗われていたときに含まされていた水が、少しあふれ出す。

ひとりでに濡れているみたいだった。

「……いいよ」

答える声が、少しかすれた。

「プライベートで、柚実とこんなことができるなんて、念願かなった、って感じかな」

荒屋敷が、香椎の腿の付け根のあたりにキスした。

あとが残るぐらい、強く吸われる。

「……つん……っ」

「体育のとき、短パン？」

「今は……っ、ジャージ」

短パンは、青木に奪われたのだ。

「なら、見えないからいいか。……見せてもいいけど」

腿の内側に、また濃厚なキスマークをつけられた。

「実は、……けっこう独占欲、強い？」

「わかる？」

荒屋敷は、いたずらっぽく笑った。

それから、懲罰委員のときの鋭い目をして見上げてくる。

「——浮気なんかしたら、調べあげて相手の男を消してやるぐらい、独占欲強いんだ」

足を抱えあげられて、お尻を半分浮かされた。腰の後ろに枕をあてがわれ、さらにさらけ出されるのが恥ずかしかった。

「舐めて……あげようか」

「え……」

何を、と思った。

もしかして、あそこだろうか。

想像しただけで、狼狽した。

答えなかった香椎の反応を、肯定だと見たらしい。荒屋敷の髪が、ぎりぎりまで開かれた内腿に触れてくる。

「う……ぁ……」

そこにかかる息を感じただけで、きゅんとつぼみが閉じた。

「……つん……、ん……っ」

舌先が押しあてられ、舐めねぶられる。

たっぷりと唾液を含まされ、尖らせた舌先が入り口をつついてきた。力を入れたらいいのか、抜いたらいいのか、よくわからなくなる。

息を吐いた拍子に、舌先が楔《くさび》のように中に埋まる。

「…ぁあ……っ！」

きゅっと締めつけただけで、舌は抜け出した。だけど、そのときの軟体動物のような弾力と摩擦に背筋がぞくっとしびれる。

また息を吐くと、中に舌が入りこむ。今度は、指先で縁のあたりを開かれた。

「……っふ、……はぁ……っん」

内側を舐められるのは、異様な感覚だった。

得体の知れない戦慄《せんりつ》が、なぶられている内壁から脊髄《せきずい》を這いあがっていく。つぼみがひくつくたびに、肉のうずきもかきたてられる。

「舐められるの、好き？」

そんな恥ずかしいことを聞かれる。

答えられるはずがない。

「……つきら……っ」

快感のようなものも強かったが、狼狽も強かった。

だけど、恥ずかしいと思えば思うほど、身体は高ぶっていく。ぎりぎりまで勃ちあがったペニスの先から、蜜がいっぱいあふれ出していた。

「嫌い？」

「きら……い……っ」

腿がひくっと震えた。

感じすぎて、なんだかつらかった。

「嫌いなんだ？　ここ舐められるの。だったら、入れられるのは好き？」

香椎のうそを見抜いたような笑い声で、荒屋敷は指をつっこんでくる。ぐりぐりと中で指をかき混ぜられると、内壁がからみついてしまう。

強く締めると、塗りこまれた唾液があふれ出すのがわかるぐらいだった。

ほとんどやけくそになって、香椎はぎゅっとまぶたを閉じた。

「早く……入れて……っ」

腰の奥が、熱くてたまらない。

荒屋敷のあの太いので貫かれたときの感覚を、身体が急速に思い出している。

内壁がからみつく指を、荒屋敷はゆっくりと抜いた。

「わかった」

もう一度腰を抱えあげられ、慎重《しんちょう》に挿入の角度を合わせられる。

「入れるよ」

荒屋敷の声も、快感を少し交えてかすれていた。

香椎はまぶたを閉じ、身体の力を必死になって抜こうとする。

その瞬間だ。

「――っあ……！」

縁を圧倒的な力でぐぐっと押し開かれる。

反射的に腰に力が入り、拒もうと締めつけた。だけど、それよりも中を侵略してくるものの圧力のほうが強い。

「ああ、ああ……っ」

内壁を思いきり広げられ、摩擦される。そのときのなんとも言えない感覚に力が抜けた瞬間、また奥まで貫かれた。

「……っん、……っはぁ……っ」

やっぱり、荒屋敷は上手みたいだ。

あんなもの入るとは思えなかったのに、根元まで入りこまれている。

下腹がぎっちりだった。

呼吸をするだけでもなんだか圧迫感があって、香椎は浅い呼吸を繰り返す。そのたびに、へその奥まで入りこんでいるような荒屋敷の硬い存在感を思い知った。

「……せんぱ……っ」

余裕がなくて、くびり殺されていく瀕死の動物みたいに香椎は弱々しく手を伸ばした。

「くるし……っ」

「大丈夫だから」

手首をつかんで、荒屋敷はうやうやしく唇をつける。

「久しぶりだからね。……前も、大丈夫だったろ。あのときの感覚を思い出して」

荒屋敷の言葉に従おうとしたが、今の状態では思い出すことすらできなかった。

だけど、荒屋敷が動かないでいてくれている間に、中がだんだんと馴染《なじ》んでくる。内壁の深いところまで男の形に押し広げられている。隙間もまったくないぐらいに密着して灼かれた部分が、うずくような痺れを覚え始めていた。

「……っふ……」

「柔らかくなってきたね」

言われて、さらに意識してしまう。

かすかに、うごめいているような気がした。奥のほうからしぼりあげるような蠢動《しゅんどう》が、だんだんと大きくなってきている。

「つらくなくなったら、言ってみて」

そんな状態を感じ取っているだろうに、荒屋敷はちょっとイジワルだ。

悔しかったので、そのままずっと荒屋敷を焦らしてやろうと決意した。

だけど、入れられているだけでも中はどんどんうずいてくる。中を貫く硬くて長いのにきゅうきゅうとからみつく内壁の動きは、自分でもとめられなかった。

尾てい骨のあたりまで痺れが走る。うずきは身体中に広がり、それをたえようとするだけで膝に力が入った。

「……ぅ……」

宙に上げられていた両膝を、荒屋敷の腰の後ろにからみつける。

それだけで、さらに深くまで貫かれているような感じになった。

動いてくれないのがじれったくて、自然と腰が浮きあがる。自分からもっと深くまで貫かれようとしているような格好になっていることに気づいて、香椎はあわててお尻を枕に押しつけた。

「……ぁ……っ」

だけど、それだけのかすかなスライドだけでも内壁が焼けるようにしびれてくる。

奥まで激しく貫かれたときの快感がよみがえってきて、また膝に力を入れて荒屋敷の腰をひきつけてしまった。

「どうした？」

からかい混じりに、荒屋敷は言う。

香椎のほうはかなり余裕がなくなってきたのに、涼しい顔だ。

香椎は乱れそうな吐息をかんだ。

「別…に……っ！」

しゃべるだけでも、腹筋は内壁に連動するようだ。

全身の力を出来るだけ抜こうとすると、胸のあたりに荒屋敷が上体を寄せてきた。

じんじんとうずくようだった乳首を、いきなり舌先でなぶられてぞくっとする。

「なに……っ」

「なんとなく暇だから」

根元まで串刺しにしたまま、荒屋敷は香椎の乳首をむさぼりだす。

バスルームでの甘すぎる愛撫とは違って、少し乱暴だった。だけど、歯で軽くかまれたままひっぱられ、ねじられるとどうしようもない快感がわきあがる。

「……っあ、……反則だ……よぉ……っ」

「なにが反則？」

「そっち……触るの……」

乳首と連動して、内壁にまで力が入ったり抜けたりした。感じるたびに腰をせりあげるように締めつけ、奥の奥まで貫かれているのを実感してしびれていく。

身体がどんどん熱くなっていた。

焦らされっぱなしの内壁はどんどんとろけ、もっと強いむごい刺激が欲しくてペニスにからみついていく。

「も……っ、いいから…」

泣き出しそうな顔で、香椎は荒屋敷の首にしがみついた。

「早く……動いて……」

負けだった。

彼に対抗するには、まだまだ経験が足りないのかもしれない。

それとも、このこらえ性のない身体をどうにかするほうが先だろうか。

荒屋敷は、かすかに笑った。

ちょっと得意気にも見えるところが、可愛いといえなくもない。

腿をつかまれる。

ぐ、と抜かれた途端、焦らされつづけた内壁からたまらない快感がこみあげてきた。

「……っああ……！」

思わず、声を漏らしてしまう。

次の瞬間には、深々と根元まで貫かれる。

びくんと大きく腿が震え、全身の力をこめるように締めつけていた。

「は、あ、あ……っ」

今度は、小刻みに突きあげられた。

がくがくと揺すぶられる。

どうにもならない快感があった。

あらがうことなどできない。すぐにでもイってしまいそうだ。

「……せんぱ……っ、も、……イ……っちゃ……っ」

許してはくれないような気がしたけれども、涙声で訴えてみる。

「いいよ」

荒屋敷は小刻みに揺さぶりながら言った。

「――何度でも。その代わり、最後までつきあってもらうけど」

少しだけ声がかすれていた。

快感を覚えているのは自分だけじゃないと知って、香椎は嬉しくなる。

だけど、余裕があったのはそれまでだった。

荒屋敷の切っ先が、感じるところを集中的に攻めだす。そのたびに、びくっびくっと腰がはねた。

なぞられるだけでもれそうでたまんなくなるところだ。そこをこんなにされたら、ひとたまりもない。

「……ぁあ、ああ……っ」

一応はこらえようとした。

だけど、のたうちながら香椎は吐き出してしまう。

休みはあたえられなかった。

出したばかりでひくひくのたうつようなところを、荒屋敷にさらに攻め立てられる。

「ん、ん……っ」

すごい刺激だった。

ずっとイキ続けているような絶頂感が持続する。

「……っあ……！」

奥深くまで何度も激しく突きあげられる。そのたびに、足の爪先までもが痙攣するような絶頂がこみあげてきた。

「あ、あ、……っも、……抜いて……」

感じすぎて、苦しいぐらいだった。

荒屋敷のものを受け入れている部分が、燃えるように熱い。

ひくついて、ねとねとに濡れて、みだらな音までとめどなく漏らしている。

「ひ——っ……！」

また、次の絶頂がこみあげてきた。

必死になって答えながら、香椎は荒屋敷にしがみつく。

「イク……っ、一緒にイコ……よ、せんぱ……っ」

涙もよだれも汗も、もう区別できなかった。

その肩を荒屋敷が抱きしめる。

唇をふさがれた。

「いいよ」

甘い声だ。

その声が、身体をさらにみだらにしびれさせていく。

「……っく……ふ……っ」

突きあげが再開される。

中を擦られるのが、こんなにも気持ちいいなんて、荒屋敷と知り合うまでは知らなかった。

「……っあ、あ、あ……」

もう、何もかもわからなくなった。

ただ、荒屋敷に誘導されるがままに絶頂を駆けあがっていく。

「──っ……!」

ひく、とのどがなる。深くまで太い先でぐちぐちにいじめられて、腿が痙攣した。

「……っあ……っ」

悲鳴は声にはならなかった。

全身がのたうつような、今までよりもひときわ激しい痙攣に身を任せる。

荒屋敷のものがさらに根元まで入りこんで、たたきつけられたような感覚を覚えたのが最後だった。


気がついたときには、香椎はベッドにいた。

ねとねとになっていた身体はきれいになっている。糊のきいたシーツの感触が気持ちいいけど、荒屋敷がいつの間にか変えたのだろうか。

「気がついた?」

荒屋敷がウーロン茶を持って、ベッドによじ登ってくる。

「うん」

コップを受け取って、香椎は泥のように重い身体を起こした。

全身に力が入らない。そのくせ、中はまだ何か入れられているようにうずきつづけていた。

一口飲んだら、すごくのどが渇いていたことに気づく。

気がつくと、半分くらい一気に飲んでいた。

「時間は、あとちょっとだけ大丈夫だよ」

荒屋敷は、香椎の頰に唇を軽く押しつけた。

「今度は、泊まりできたなね」

「……そうする」

親は過保護気味だからうるさいけど、こんな状態じゃ帰るのがしんどい。

満員電車に乗ることを思うと、げんなりした。

「帰りたくないよ」

ささやくと、荒屋敷が肩を抱いてきた。

額や、まぶたや唇にキスを受ける。

なんだか、幸せだった。

愛されているような実感がわいてくる。

「ぼくも、帰したくないけどね」

頬を手のひらで包みこまれた。

「けど、このままさらって、この部屋に監禁《かんきん》しておくってわけにもいかないだろ」

冗談めかしてつぶやく荒屋敷の瞳に、一瞬だけあやしい光が宿った。

——監禁……。

校内の、懲罰委員しか知らない一室に監禁されて、荒屋敷に飼われる。

——それも、ちょっといいかも……。

少しだけ、ぞくぞくしてしまう。

頬を染めた香椎の心を見抜いたように、荒屋敷はささやいた。

「本気かもね」

「え？」

「柚実がぼくから逃げていったら。今度こそ、任務も何もかも捨てて、ぼくはダメになる。それくらい、夢中になってる」

静かなささやきだった。

だけど、そんな声の中に香椎は荒屋敷の本気を感じとる。

「……いいよ」

香椎も、挑戦的に言い返した。

「だったら、逃げないぐらい、ずっと縛りつけといてよ」

みんなの憧れの荒屋敷だ。

自分ではいつまでつなぎとめることができるのか、さだかじゃない。

香椎の言葉に、荒屋敷は笑った。


それから、契約のように熱いキスを交わしたのだ。

END

■あとがき■

こんにちは。または、はじめまして。今回は、この本を手に取っていただいて、どうもありがとうございます。

さてさて、今回は『学園《がくえん》♥懲罰委員会《ちょうばついいんかい》』です。テーマは「おしおき」。

なんかこう、人生の中において、一度はやってみたいシチュエーションとかってありますよね。たまに濃《こ》ゆい夢とか見て、目が覚《さ》めてから頬《ほお》を染めちゃうような、憧《あこが》れシチュエーション。

私の中での今回のそれは「忍者に城でアーレーとさらわれて、おしおき」だったりします。懲罰委員は忍者なのか？　って思うかもしれませんが、学園内で知られていない影の存在だったり、おしおきしたり、エロの仕込みをしたりするところが、やっぱ現代の忍者役っつーか、なんとなく黒づくめっぽいイメージなのも、忍者みたいというか（笑）。

ちなみに、「帯をくるくるとほどく」ってのも夢です。乙女の夢――つーより、おやじの夢なのか？

まぁ、ともあれ、そういうオヤジな乙女の夢『学園♥懲罰委員会』。今回は、規定より一・五倍のページ数でお送りしております。

って俺は俺は俺は――――!

あんなに「今度からページ数をオーバーしないようにがんばります」と前回前々回のあとがきで言っておいて、今回もコレかよっ！　ってていたらくですが、まぁ、関係諸方面のご迷惑はともかく、読者さまには大サービス――になってたらいいな……。だって、最初のころにエロを「よいしょ、よいしょっ」ってせっせと入れてたら、ページ数足りなくなっちゃったんだもーん……。いい加減《かげん》、自分でも学習能力がないところが猿のようだと思いますが、だって、エロ好きだし、せっかくの懲罰委員会なのに、エロがたっぷりないのは、自分的に許せなくて！　でもっ、つつつつつ、次こそは規定のページ数で！　って、もうやめれ、言うの。ともあれ、お徳だと思いますので、どうぞよろしくー……。

ということで、懲罰委員会に素敵《すてき》な挿絵をつけていただいた、明神翼《みょうじんつばさ》さま。今回もめちゃめちゃ可愛《かわい》いし、素敵でうっとりです。もうどうしていいのかわからないぐらい、とろけちゃいました。本当にありがとうございます。

担当のEさんもありがとうございました。今後もあきれずに、よろしくお願いします。

そして、この本を手に取っていただいたあなたにも、最大級の感謝を。どうもありがとうございました。ご意見ご感想などございましたら、お気軽にお寄せくださいね。

バーバラ片桐《かたぎり》

学園《がくえん》♥懲罰《ちょうばつ》委員会《いいんかい》

この作品を読んでのご意見・ご感想をお待ちしております。
バーバラ片桐先生には、下記の住所にて、
「プランタン出版ラピス文庫　バーバラ片桐先生係」まで
明神 翼先生には、下記の住所にて、
「プランタン出版ラピス文庫　明神 翼先生係」まで

著　者――バーバラ片桐（バーバラ かたぎり）
挿　画――明神 翼（みょうじん つばさ）
発　行――プランタン出版
発　売――フランス書院
東京都文京区後楽1-4-14　〒112-0004
電話(代表)03-3818-2681
(編集)03-3818-3118
振替　00160-5-93873
印　刷――誠宏印刷
製　本――小泉製本

ISBN4-8296-5280-2 C0193

URL=http://www.printemps.co.jp

LAPIS-LABEL

背徳なんて怖くない

バーバラ片桐

自称・高校生発明家のぼくは、鈍感な年上の同居人・澤木《さわき》さんが大好きだ。ぼくの新作「感度調査装置」の実験を口実に、澤木さんの身体の感度を調べることになったけれど——!?

イラスト／大和名瀬

遊びの時間は終わらない

バーバラ片桐

五百円で売られて以来ずっと仇敵《きゅうてき》だった榊《さかき》と相思相愛になって四ヵ月、突然遠まわしな別れ話をきりだされ、森本《もりもと》はめそめそだ。追いうちをかけるように榊に横恋慕する転校生まで現れて!?

イラスト／明神 翼

ラピスレーベル

作品募集のお知らせ

ラピス文庫ではボーイズラブ系の元気で明るいオリジナル小説＆イラストを随時募集中！

■小説■

- ボーイズラブ系小説で商業誌未発表作品であれば、同人誌でもかまいません。ただしパロディものの同人誌は不可とします。また、ＳＦ・ファンタジー・時代ものは選外と致します。
- 400字詰縦書原稿用紙200枚から400枚以内。ワープロ原稿可。（仕様は20字詰20行） 400字詰を1枚とし、通しナンバー（ページ数）を入れ、 右端をバラバラにならないようにとめてください。 その際、原稿の初めに400～800字程度の作品の内容が最後までわかるあらすじをつけてください。
- 優秀な作品は、当社より文庫として発行いたします。 その際、当社規定の印税をお支払いいたします。

■イラスト■

- ラピス文庫の作品いずれか1点を選び、 あなたならその作品にどういうイラストをつけるか考え、表紙イラスト（カラー）・作中にあるシーンとＨシーンのモノクロ（白黒）イラストの計3点を、どのイラストにも人物2人以上と背景（トーン不可）を描いて完成させてください。モノクロイラストは作中にあるシーンならどのシーンでもかまいません。（イラストはすべてコピー不可）
- パソコンでのカラーイラストは、CMYK形式のEPSフォーマットで解像度は300dpi以上を目途にしてください。モノクロイラストはアナログ原稿のみ受付けております。
- サイズは紙のサイズをＢ５とさせていただきます。
- 水準に達している方には、 新刊本のイラストを依頼させていただきます。

◆原稿は原則として返却いたしますので原稿を送付した時と同額の切手を貼り、住所・氏名を書いた返信用封筒を必ず同封してください。

◆どちらの作品にも住所・氏名（ペンネーム使用時はペンネームも）・年齢・電話番号・簡単な略歴（投稿歴・学年・職業等）を書いたものをつけてください。また、封筒の裏側にはリターンアドレス（住所・氏名）を必ず書いてください。

原稿送り先

〒112-0004　東京都文京区後楽 1-4-14
プランタン出版
「ラピス文庫・作品募集」係

ラピスレーベル